Der Wessi, der nicht in den Osten fahren durfte!

Bärbel Kiy

Bärbel Kiy

Der Wessi, der nicht in den Osten fahren durfte!

25 Jahre Mauerfall

Bibliografische Information der Deutschen Nationalbibliothek
Die Deutsche Nationalbibliothek verzeichnet diese Publikation in der
Deutschen Nationalbibliografie; detaillierte bibliografische Daten sind im
Internet über http://dnb.dnb.de abruf bar.

Vollständige Taschenbuchausgabe
Dieser Titel ist auch als E-Book erschienen.
Neptunikum Verlag
© Bärbel Kiy

© Bärbel Kiy 2015
Neptunikum Verlag
2. Auflage
ISBN 978-3-945311-04-2
Printed in Germany

Satz, Umschlaggestaltung, Herstellung:
BoD – Books on Demand
Umschlagillustration: © – York – fotolia.com
Bildnr. 3349940

Alle Rechte beim Autor
www.neptunikumverlag.com
10,90 € (D)

Inhalt

Vorwort

Die Idee zu diesem Buch ist entstanden, als bei mir eine Woche vor Weihnachten des Jahres 2013 mein Telefon klingelte.

Ein Bekannter von mir, ein Berliner Regisseur, wollte mich unbedingt für ein Filmprojekt an Bord holen. Der Dialog zwischen uns fand ungefähr so statt:

„Bärbel, du wolltest doch ein Buch über den Mauerfall schreiben. Hast du nicht Lust, für mich vorab zu diesem Thema das Skript für einen Kurzfilm mit dem Titel *25 Jahre Mauerfall* mit einer Länge von circa fünfzehn Minuten zu schreiben?"

„Hm. Interessant. Wie viele Seiten? Nicht zu vergessen, zu wann brauchst du das Manuskript?"

Ich war gebauchpinselt.

„Zwanzig Seiten und gerne innerhalb der nächsten zwei Wochen."

In meinem Kopf schwirrte es wie in einem Bienenstock. Zwanzig Seiten innerhalb von zwei Wochen? Wow, verdammt wenig Zeit! Ich hing meinen Gedanken nach.

Plötzlich spürte ich durch meine Denkpause am anderen Ende der Leitung Nervosität aufkommen. Schnell antwortete ich:

„Puh!, das Thema ist so umfangreich, dass es gut und hinreichend recherchiert werden muss. Wie du weißt, schreibe ich gerade an einem Buch mit einem ganz anderen Thema."

„Ja, ich weiß, ich dachte nur, dass du dir trotzdem schon Gedanken zu diesem Thema gemacht hast. Sollte für dich doch zu schaffen sein, ihr Frauen seid, wie man überall hört, multitaskingfähig. Außerdem möchte ich dir helfen, deinen Bekanntheitsgrad zu steigern. Da kann ein Filmskript schon einiges bewirken", setzte mein Bekannter nach. Hörte ich da etwa einen arroganten Unterton?

„Ganz ehrlich: Nein, ich habe mir noch keine Gedanken zu diesem Thema gemacht. Ja, sicherlich hast du recht, ich wollte 2014 ein Buch über *25 Jahre Mauerfall* schreiben. Wie gesagt: 2014. Zudem bin ich Autorin und keine Drehbuchautorin. Ein weiterer Aspekt ist, dass das Weihnachtsfest vor der Tür steht! Das Thema 25 Jahre Mauerfall ist monumental, unglaublich komplex. Es ist kein Fantasyroman. Es ist deutsch-deutsche Geschichte! Sorry, ich kann mich jetzt nicht ad hoc entscheiden. Ich muss nachdenken. Ich melde mich morgen bei dir und gebe dir dann meine Antwort."

„Ich verstehe dich nicht. Du brauchst Bedenkzeit? Warum? Der Film kann dein Durchbruch sein", antwortete mein Bekannter beleidigt und beendete das Gespräch, ohne sich von mir zu verabschieden.

Durchbruch oder Genickbruch, dachte ich. Doch ich muss zugeben, er hatte mich infiziert. Er hatte sein Ziel erreicht. Ich ließ mein bisher unvollendetes Manuskript liegen und machte mich sofort an die Recherche. Doch sehr schnell bemerkte ich, dass ein zwanzigseitiges Skript, Arial 11 Punkt, nicht im Entferntesten ausreichen würde, der Geschichte des erloschenen DDR-Staates gerecht zu werden. Wie ich mich auch drehte und wendete, ich war mir sicher, *das* kann nur in die Hose gehen. Für Tiefgründigkeit blieb in der Kürze der angedachten Drehzeit keinerlei Raum. Ein so ernstes Thema der Nachkriegsgeschichte kann und sollte nicht nur kurz abgehandelt werden. Nein, es bedurfte mehr. Viel mehr.

Ich wollte auf eine ausführliche Zeitreise gehen.

Wollte, dass sich die Menschen, die seinerzeit in diesem Staat gelebt haben, sich darin wiederfinden.

Wollte, dass die Menschen, die nicht in diesem System gelebt haben, hautnah miterleben, wie es seinerzeit war, in einem „Kokon" zu leben.

Wollte jedoch nicht als Stimmungsbarometer fungieren.

Ich versuchte meine Rechercheergebnisse auf zwanzig Seiten Arial 11 Punkt, zu schreiben, doch es wollte mir nicht gelingen. Ich fragte mich, wie viel meines Materials sich in bewegte Bilder umwandeln ließe.

Was muss, was darf, was kann alles erzählt werden?

Was muss man weglassen?

Ich traf eine Entscheidung.

Ich war nicht bereit, dieses Thema für nur fünfzehn zur Verfügung stehende Drehminuten zusammenzuschreiben.

Ich sagte meinem Bekannten und somit der großen Verlockung, mein Manuskript als Grundlage eines Kurzfilms auf den großen Leinwänden dieser Welt zu sehen, schweren Herzens ab.

Schon immer war und ist meine Devise:

Mach etwas richtig oder mach es gar nicht!

Mein angefangenes Manuskript zum Thema 25 Jahre Mauerfall lag über Weihnachten eine Woche, ganze sieben Tage, unbearbeitet auf meinem Schreibtisch.

Im neuen Jahr nahm ich sowohl das angefangene Manuskript wieder in die Hand als auch die Recherche erneut auf. Wenn ich schon einmal mit meinem angedachten Werk *25 Jahre Mauerfall* angefangen hatte, konnte ich es auch zu Ende schreiben.

Das Projekt, das ich zuvor zu Papier bringen wollte, konnte warten. Sehr schnell merkte ich, wie mich die Geschichte des Mauerfalls, des Regimes und die Zeitgeschichte des einstigen Arbeiter-und-Bauern-Staats mehr und mehr in ihren Bann zogen. Bis ich letztlich lichterloh brannte. Die Manuskriptseiten wuchsen und wuchsen zusehends.

Ich suchte Zeitzeugen.

Gefunden habe ich auf meiner Suche Christian Schmidt und Holger Budinkowski. (Die Namen sind abgeändert, um die Anonymität der beiden zu wahren.)

Die beiden Männer waren für mich ein Geschenk des Himmels. Als ich ihnen erzählte, dass ich einen Roman sowohl über den Mauerfall als auch über die Geschichte und das Leben im „Kokon" der DDR, in der Enklave Westberlin, schreiben wollte, boten mir die beiden selbstlos ihre Unterstützung an. Beide nahmen sich etliche Stunden Zeit für mich.

Christian als gebürtiger Ossi, der zum Wessi wurde und zur Regierungszeit der Funktionäre der DDR nicht mehr in seine alte Heimat und damit zu seinen Wurzeln reisen durfte.

Holger, der mich an seiner Jugend in der DDR, an seiner Flucht und an seiner harten Landung nach der Flucht in dem vermeintlichen Schlaraffenland BRD teilhaben ließ.

Beide Männer haben mich mit diversen Informationen zu dem Leben in dem inzwischen komplett von der Bildfläche verschwundenen Arbeiter-und-Bauern-Staat versorgt. Haben mir tiefe Einblicke in ihr Leben gewährt. Entstanden ist nun dieses wunderbare Buch.

Durch die Gespräche mit Christian Schmidt und Holger Budinkowski gewann ich einen tiefen Einblick in den Alltag der Bürger der DDR, in die Machenschaften der Stasi, der Vopo und Co., desgleichen in die gesamte Geschichte des erloschenen DDR-Staates.

Wehmut, Selbstmitleid, Liebeskummer

Jan, ein gebürtiger Berliner, der eine frappierende Ähnlichkeit mit dem männlichen Part des Glamour-Hollywoodpärchens Brangelina aufwies, saß mit einem ihm bis dahin völlig Unbekannten, einem Touristen aus Bayern, den er erst vor einer Zigarettenlänge kennengelernt und der sich ihm als *Ronny* vorgestellt hatte, gemütlich auf einen kleinen Plausch in seiner Lieblingskneipe, dem Biergarten *Berliner Weiße,* in Kreuzberg. Sein Lieblingsbiergarten war ein echter Klassiker unter den Berliner Biergärten. An guten Tagen trafen sich hier sowohl kreative Szenetypen, Schauspieler als auch Schlipsträger aus Politik und Wirtschaft. Bei schönem Wetter waren die mehr als achthundert Plätze meist gut besetzt.

Auch das eine oder andere schattige Plätzchen unter dem alten Baumbestand des riesigen Anwesens ließ sich hier bei schönem Wetter leicht finden.

Ein Bootsverleih, der sich ganz in der Nähe befand, lud zu einer gemütlichen Kahnpartie ein.

Es war ein lauer Frühlingsnachmittag am 4. April 2014. Die Zeiger auf Jans Uhr zeigten fünfzehn Uhr dreißig an. Die Sonne schien schon kräftig. Beide Raucher hatten es sich, so gut es die Gegebenheiten zuließen, gemütlich gemacht. Ihrer Nikotinsucht gehorchend draußen, im Freien auf den weiß-grün gestreiften Polstern ihrer Klappgartenstühle des hippen Szenelokals. Bei Bedarf konnte man auf die über die Rückenlehnen der Stühle gelegten grünen Kuscheldecken zurückgreifen. Zwischen den beiden Männern mittleren Alters stand ein massiver, stabiler kleiner runder Klapptisch mit grünen Metallbeinen, grünen Füßen und einer weißen Tischplatte.

Der Biergarten war nett und einladend hergerichtet. Beide Männer genossen hier, im Freien, ihren heißen, frisch gebrühten Becher Kaffee mit einem Schuss Kakao und einer kleinen Prise Salz. Ein Geheimtipp für Besucher dieses *Biergartens*.

Des Weiteren genossen die beiden gut aussehenden Herren der Schöpfung die ersten warmen Sonnenstrahlen und sowohl die vorbeigehenden ersten knappen Hotpants als auch die kurzen Miniröcke der meistens hübsch anzusehenden Frauen. Die vorbeiziehenden Mädels, aber auch die Männer, konnten sich ihrerseits beim Vorbeigehen einen zweiten Blick in Jans Richtung nicht verkneifen. War er's oder war er's nicht?

Einen Meter achtzig reine Männerpower, dunkelblonde, volle, schulterlange Haarpracht, ein athletischer, durchtrainierter Body, der die Vermutung zuließ, Jan wäre ein Kandidat eines großen amerikanischen Magazins, das ihn in seiner am Jahresende erscheinenden Sonderausgabe zum „Sexiest Man Alive" küren würde.

Jan nahm von dem Interesse an seiner Person keine Notiz. Er war sich seiner charismatischen Wirkung auf seine Mitmenschen nicht bewusst. Klar fand er sein Spiegelbild an mehr als 360 Tagen völlig in Ordnung. Er wusste um seine frappierende Ähnlichkeit mit einem der einflussreichsten Schauspieler Hollywoods. Doch war ihm seine äußere Schale nicht wichtig. Er war ein tiefsinniger, introvertierter Mensch.

Nach dem Genuss ihres köstlichen Heißgetränks und einem vorangegangenen Small Talk wechselte Jan schwermütig das Genre.

Aus dem netten Small Talk wurde eine Geschichtsreise.

Eine Zeitreise durch die Geschichte der ehemaligen DDR.

Ein Ausflug in die politischen und strukturellen Nachkriegsentwicklungen hüben und drüben, in die Zeit der Katz-und-Maus-Spiele in dem einst geteilten Deutschland.

Eine Zeitreise zurück zu dem größten Nachkriegsereignis der deutschen Geschichte, als ganz plötzlich, vor fünfundzwanzig Jahren, der Eiserne Vorhang quasi über Nacht fiel.

Eine Zeitreise durch sein turbulentes Leben.

Ronny, Jans neu gewonnener Fan, war ein waschechter „Urbayer". Einen Meter fünfundachtzig groß. Strahlend blaue Augen, leicht untersetzt, dunkle, kurz geschorene Haare. Fünf Millimeter Bürstenschnitt. Brillenträger, Vollbartträger. Mit einem sympathischen Dauergrinsen im Gesicht. Interessiert hörte er dem Vortrag des ihm gegenübersitzenden Philosophen begeistert zu. Hing förmlich an Jans Lippen und begab sich mit seinem neuen Freund auf dessen Zeitreise durch die deutsch-deutsche Geschichte.

Jan blickte auf. Jemand nahm ihm die warmen Strahlen der Sonne. Die unter anderem für ihren Tisch zuständige Kellnerin stand gut gelaunt vor ihm. Lächelnd stellte die hübsche junge Frau die circa zehn Minuten zuvor bestellten Berliner Pils vor den beiden Mittvierzigern auf dem kleinen Tisch ab. Wortlos verließ sie den Tisch der beiden. Es galt eine weitere Bestellung an einem anderen Tisch abzuliefern. Jan blickte ihr hinterher. Gedankenversunken überreichte er Ronny eine der zwei Biertulpen, die zu seiner vollen Zufriedenheit frisch und gut gezapft waren. Mit einer prächtigen Schaumkrone, wie Biertrinker sie lieben.

Jan ließ seine gesamte zurückliegende Lebenssituation sowohl zu Ost- als auch zu Westzeiten, desgleichen seine erst drei Monate zuvor ihn ganz plötzlich eiskalt erwischte Trennung noch einmal vor seinem geistigen Auge ablaufen. Ließ seinen neu gewonnenen Herzensbruder sodann an seinen Erinnerungen teilhaben. Ganz entgegen seinen sonstigen Gepflogenheiten war Jan äußerst gesprächig. Ronny schien in Jan etwas freizusetzen, das ihn singen ließ wie eine Drossel.

Ronny seinerseits war ganz Ohr. Begleitete seinen neuen Kumpel nicht nur durch dessen Zeitreise – eine Reise durch die Geschichte eines Staates, den es schon lange nicht mehr gab –, nein, er nahm auch Anteil an der Geschichte eines gelebten Lebens mit all seinen Höhen und Tiefen.

„Wenn ich zurückdenke, wie ich mutterseelenallein, verlassen und tief verletzt zusammengekauert auf unserem dicken, naturfarbenen Flokati im Wohnzimmer unserer einhundertzwanzig Quadratmeter großen Dreizimmerwohnung saß … meine Arme umklammerten meine angewinkelten Beine. Scheiß die Wand an, Ronny, ich verstand die Welt nicht mehr. Was war nur mit Sylvia, meiner Ex, und mir passiert? Noch vor drei Monaten haben wir gemütlich das Weihnachtsfest im Kreise meiner verhassten Verwandten verlebt. Sylvias Vater, ihrer Mutter und ihren Geschwistern. Als da wären: ihre völlig gestörte Schwester Britta, die meiner Meinung nach psychopathische Züge aufweist, und last, but not least der Fummeltrulla der Familie, Sylvias schwuler Bruder Nico."

„Jan, entschuldige meinen Einwand. Ist Fummeltrulla nicht reichlich abfällig?"

„Wie würdest du denn einen Mann nennen, der sich seiner Außenwelt gerne in Frauenkleidern präsentiert? Sich so stark schminkt, dass er in seinem Gegenüber unweigerlich den Eindruck erweckt, er wäre in einen Tuschkasten gefallen. Um das Bild abzurunden, sich künstliche Wimpern und Kunstnägel ankleben lässt."

„Hm", raunte Ronny.

Um seine Augen tanzten kleine Lachfältchen.

„Du hast also ein Problem mit Männern, die gerne Frauenkleider tragen und sich entsprechend aufbrezeln?"

„Ronny, bitte glaube mir, ich bin nicht homophob, ich stelle lediglich fest. Vielleicht würdest du meine Aussage verstehen, wenn du ihn sehen und live erleben würdest. Doch Nico soll hier und jetzt nicht mein Thema sein.

Gefeiert haben wir also das Fest der Geburt Christi in unserer Wohnung. Du, die liegt übrigens nur drei Häuserblöcke von hier entfernt. Nur einige wenige Gehminuten, Richtung Spree-Ufer. Wenn du mal Bock hast, komm mich gerne besuchen. Ich schreibe dir nachher meine Adresse auf. Falls ich es vergessen sollte, musst du mich daran erinnern."

Jan trank durstig sein Glas leer und bestellte sich bei der vorbeikommenden Kellnerin ein weiteres Bier.

„Ronny, du auch noch eins?"

„Ja, gerne."

„Gut. Bringst du uns bitte noch zwei?"

Die hübsche Kellnerin nahm die Getränkebestellung der beiden Männer auf und verließ den Tisch der beiden in Richtung weiterer trinkfester Gäste.

Jan nahm seinen Monolog erneut auf. Ronny folgte diesem weiterhin gespannt.

„Unverhoffterweise verlief alles richtig harmonisch. Auch Silvester 2013 auf 2014 war berauschend. Ein geiles Fest, wie es sich für uns Berliner gehört. Ausgangspunkt: Kreuzberg. Wir waren bei Tom, Sylvias bestem Freund. Die beiden sind Pioniere einer großen Liebe auf Geistesebene. Wenn man den Aussagen der beiden Glauben schenken darf, war und ist die Beziehung zwischen den beiden rein platonisch. Pah!", stieß Jan verbittert aus. Geriet förmlich in Rage.

„Im Nachhinein habe ich mir jahrelang Hörner aufsetzen lassen. Platonisch, dass ich nicht lache! Später am Abend, nach einem kleinen Abstecher nach Friedrichshain, gab es ein kleines Treffen inklusive Absacker bei Jannik, einem meiner Bekannten und seiner Frau. Wir feierten über den Dächern unserer faszinierenden, immer im Fluss befindlichen Stadt, mit einem atemberaubenden Ausblick auf unser pulsierendes Berlin auf deren riesigem Balkon. Zum krönenden Jahresabschluss, quasi als Sahnehäubchen, tauchten wir, Sylvia und ich, na ja, und ein paar Millionen Fremde kurz vor Mitternacht vor dem Brandenburger Tor in der Massenhysterie unter. Mitfeiern auf der Megapartymeile Deutschlands. Zwischen Brandenburger Tor und Siegessäule, bis der Arzt kommt.

Ronny, wusstest du, dass explizit dort, wo die Showbühne für *das* Silvesterevent Berlins alle Jahre wieder aufgebaut wird, einst die Mauer verlief? Dass dort, wo heute das „Adlon" steht, Ostberlin war? Dass auf unserer heutigen Prachtstraße „Unter den Linden" zu DDR-Zeiten tote Hose war? Ups, ich bin abgekommen! Was wollte ich noch gleich erzählen? Ach ja, meine eiskalte Abservierung seitens meiner Lebensgefährtin.

Ich erinnere mich noch ganz genau an den Tag unserer Trennung. Als wäre es gestern gewesen. Ich hatte einen hammermäßigen Krampf im Hintern und konnte deshalb nicht aufstehen. War wie in Trance. Aus meinem silberfarbenen Digitalradio im Hintergrund des Wohnzimmers, aus unserer, nunmehr meiner weißen Anbauwand trällerte David Hasselhoff *I 've been looking for freedom*. Meine Augen waren blutrot unterlaufen. Brannten wie Teufel. Vom vielen Heulen. Meine Oberlieder waren geschwollen. Der Spiegel über unserer Couch signalisierte mir, dass ich gute Chancen hätte, in einem Gruselkabinett als Hauptdarsteller mitzuwirken. Bah, was hatte ich für einen bitteren Geschmack im Mund! Fragte mich verzweifelt, was nur mit uns, mit Sylvia und mir, passiert war. Wo, auf welcher Wegstrecke, hatten wir uns verloren? Wenn ich gekonnt hätte, wie ich gewollt hätte, kann ich dir sagen, hätte ich mich damals selbst in den Hintern getreten. Geliebt habe ich Sylvia. Habe? Nein! Ich liebe sie! Immer noch wie am ersten Tag! Sie war, nein, sie ist die Frau meines Lebens! Jetzt ist dieses Wunderweib, meine Superwoman, fort. *Ich Idiot!* Sylvia und ich sind nach unserem ersten Kennenlernen, wenn man das zufällige Aufeinandertreffen damals als Kennenlernen bezeichnen kann, rund sechs Jahre später, im Sommer 1996, in unsere gemeinsame, in nunmehr meine Dreizimmerwohnung gezogen. Wow, wie die Zeit vergeht! Achtzehn Jahre ist das nun schon her. Hilfe, wo ist nur die Zeit geblieben? Na, egal. Was mir geblieben ist, sind die vielen Erinnerungen, die guten und die weniger guten, an die alten gemeinsamen Zeiten."

„Warte mal, das geht mir jetzt ein wenig zu schnell. Wo habt ihr euch denn wie kennengelernt?", bremste Ronny Jans Monolog aus.

„In einem Reisebüro. Diese Geschichte erzähle ich dir später. Jetzt lass mich erst einmal nicht wieder meinen Faden verlieren. Ich möchte dir gerne von meiner Lebensabschnittsgeschichte mit Sylvia erzählen."

„Nur zu. Lass dich nicht aufhalten", flachste Ronny.

Er wusste nur zu gut, wie es in Jan aussah, auch er hatte vor einiger Zeit eine Trennung durchlebt. Wusste, wie beschissen sich das anfühlte. Doch er hatte seinen besten Freund an seiner Seite gehabt. Jan schien keinen besten Freund zu haben. Für Ronny stand fest, dass er der benötigte Fels in Jans Brandung sein wollte.

„Für mich hieß es damals: ‚*back to the roots*', plauderte Jan munter weiter.

„Unsere Bleibe lag nur wenige Häuser von meiner einst elterlichen Heimat, meinem Elternhaus, in dem mein Vater und meine Mutter auch heute noch wohnen, entfernt. Sylvia wiederum zog aus ihrem Familienverband, der sich am Prenzlauer Berg um den Kollwitz- und Helmholtzplatz herum befand, in unser neues Szeneviertel Berlins. Auch für sie hatte unsere gemeinsame Wohnung einen unschlagbaren Vorteil: Sie lag nur zehn, vielleicht zwölf Gehminuten von ihrer elterlichen Wohnung entfernt. Im Sommer des Jahres 1996 war es wie gesagt so weit. Wir hatten uns zuvor in trauter Zweisamkeit etliche Wohnungen angesehen und uns letztlich einträchtig für diese tolle Wohnung entschieden. Einhundertzwanzig voll renovierte Quadratmeter. Drei Zimmer, eines davon ist ein wunderschönes Berliner Zimmer, Vollbad, Einbauküche, in der vierten Etage, großer Südbalkon, Spreeblick. Ach, ich vergaß, Abstellkammer eine halbe Treppe tiefer. Stell dir mal vor, für sage und schreibe nur sechshundertneunundfünfzig Westmark, Kaltmiete, wurde uns unser neues Domizil überlassen."

Ronny verzog ungläubig sein Gesicht.

„Du spinnst!"

„Ja, gewiss, es war und ist komplett irre und surreal und trotzdem real! Ein Schnäppchen. Ich bin mir über unser großes Glück durchaus im Klaren! Unsere Vermieterin mochte uns sofort. Sie überließ uns unsere Wohnung, wie schon erwähnt, zu dieser mehr als moderaten Miete. Die Gute hat übrigens in achtzehn Jahren nur zwei Mal, und dann lediglich um jeweils ein paar Euros, unsere Miete erhöht."

„Sag mal, Jan, du sagtest gerade, eure, sorry, deine Wohnung hat ein Berliner Zimmer, was bitte ist ein Berliner Zimmer? Diesen Ausdruck habe ich noch nie gehört."

„Was? Du kennst den Begriff Berliner Zimmer nicht?" Jan war erstaunt.

„Na, dann will ich dich mal aufklären. Als Berliner Zimmer bezeichnet man einen großen Raum, der das Vorderhaus mit dem Seitenflügel eines Gebäudes beziehungsweise den Seitenflügel mit dem Hinterhaus verbindet. Es ist ein großer Raum, der trotz seiner Größe nur über ein einziges Eckfenster verfügt. Dieses Fenster geht üblicherweise zum Hof hinaus. Das Berliner Zimmer ist eine Besonderheit des Berliner Mietshauses. Wurde, soweit ich weiß, im 19. Jahrhundert bis zum Anfang des 20. Jahrhunderts gebaut. War ursprünglich als Empfangs- und Aufenthaltsraum oder auch als Durchgangszimmer gedacht. Verfügt häufig, auch bei uns, über zwei große Schiebetüren, deren Seitentüren beim Öffnen beidseitig im Mauerwerk verschwinden."

„Wow, super, danke! Wieder mal was dazugelernt. Doch ich will dich nicht unterbrechen. Erzähl weiter."

Ronny rückte sich sein schwarzes Brillengestell auf seinem Nasenrücken zurecht.

„Ja, gerne. Wo war ich stehen geblieben?"

Jan sah Ronny fragend an, um sich sodann seine Frage selbst zu beantworten.

„Ich bewohnte seinerzeit eine Einraumwohnung im Plattenbaubezirk Berlin-Marzahn. Ob du es glaubst oder nicht, Marzahn war zur guten alten DDR-Zeit eine richtig gute Wohngegend. Geboten wurde uns für unsere damaligen Verhältnisse Luxus pur in den Wohnblocks und in den Wohnungen! Schäbig wurden die Wohnungen und die hässlichen Betonbauten erst später. Im Laufe der Jahre und Jahrzehnte. Ich denke, du weißt, dass aus Marzahn wenige Jahre nach der Wende ein sozialer Brennpunkt, eine ungeliebte Betonburg mit einer weiter absteigenden Tendenz geworden ist. Ging ja oft genug durch die Printmedien und wurde im Fernsehen viel und ausgiebig thematisiert", setzte Jan das Wissen Ronnys um die prekäre Situation rund um Marzahn voraus.

„Mir kam durch den Untergang des einstigen Immobilienvorzeigeprojekts Marzahn des ehemaligen DDR-Regimes der geplante Zusammenschluss mit Sylvia gerade recht. Doch nicht nur ich war in Aufbruchsstimmung. Etliche ehemalige DDRler, die über ausreichendes Einkommen verfügten, machten sich daran, in einen der hippen Stadtbezirke, in denen nunmehr die komplett überholten und kernsanierten Mehrfamilienhäuser standen, umzusiedeln. Explizit in die Gegenden, in denen einst keiner der DDRler wohnen wollte, da seinerzeit die Mehrfamilienhäuser in den Arbeiterwohngegenden marode vor sich hin rotteten, zog es nunmehr die neue Elite Berlins. Was sage ich, die Elite Deutschlands kam in Wallung. 1996 wurde gekauft oder gemietet, was der Wohnungsmarkt in Berlin hergab."

„Ist das heute anders?", warf Ronny fragend ein.

„Nein. Sicherlich nicht. Du hast recht. Doch hat sich die Situation heute auf das Extremste verschärft. Heute sind viele Investoren, Immobilienhaie aus aller Herren Länder unterwegs. Damals, in den 1990er-Jahren, waren zwar auch Spekulanten am Immobilienhamstern, jedoch waren auch viele Ossis und Wessis in die Puschen gekommen, die es noch einmal wissen wollten. Diese ließen sich von der neuen deutschen Welle komplett mitreißen."

„Ja", raunte Ronny. „Ich lebe in München, nicht auf dem Mond. Auch wenn ich in dir offensichtlich nicht den Eindruck erwecke, bin ich an den innenpolitischen Geschehnissen durchaus interessiert. Immerhin ist Berlin unser aller Bundeshauptstadt", merkte Ronny beleidigt an. „Da sollte ein jeder schon wissen, was in dieser abgeht", schoss er noch hinterher.

„Ich komme schon wieder von dem ab, was ich dir eigentlich erzählen wollte." Jan ging mit keiner Silbe auf Ronnys Einwände ein.

Er hörte Ronny gar nicht weiter zu, schluchzte stattdessen kurz auf und holte tief Luft. Versank wieder in tiefes Selbstmitleid und sinnierte ohne Gnade weiter …

„Ach ja, unsere einst *gemeinsame* Wohnung gehört der Vergangenheit an. Unsere Luxusherberge ist nunmehr *meine* Wohnung. Ein *wir*, ein *unser* gibt es seit drei Monaten nicht mehr. Ich weiß, ich wiederhole mich. Ich sehe es an deinem Blick.

Brauchst nichts zu sagen. Hast du schon jemals geliebt, Ronny? Richtig geliebt?" Jan wartete Ronnys Antwort erneut nicht ab. Referierte gnadenlos, rigoros ohne Punkt und Komma weiter.

„Nur dann kannst du mein jetziges Gefühlschaos verstehen. Ich bin komplett durch den Wind. Bin total im Arsch. Die große Liebe meines Lebens hat von mir, dem *Ossi-Looser*, wie meine Freundin Sylvia mich gerne in unserer letzten gemeinsamen Zeit titulierte, endgültig die Schnauze voll. Diese Frau, meine Frau, auch wenn unsere Lebensgemeinschaft nicht mit Brief und Siegel beurkundet war, hinterlässt doch eine riesengroße Lücke in meinem Leben. Ich frage dich, was bin ich ohne sie?"

Tiefe Verzweiflung kroch in Jan hoch.

Ronny war, als sähe er eine Träne über Jans rechte Wange laufen. Heulte der Typ etwa?

Na ja, auch harte Kerle dürfen zu ihren Gefühlen stehen. Wo steht geschrieben, dass ein Mann nicht weinen darf? Jan scheint, wenn ich kurz an den Anfang unserer Unterhaltung zurückdenke, sowieso dicht am Wasser gebaut zu sein, dachte sich Ronny und schmunzelte verschmitzt. Ein sympathisches kleines Grübchen zeigte sich währenddessen auf seiner linken Wange.

„Oft genug hatte sie mich gewarnt", jammerte Jan.

„Ich solle endlich aufhören, mich wie ein typischer Ossi zu verhalten. Solle aufhören zu jammern und die Fehler nicht, wie immer, bei den anderen suchen. Solle endlich nach all den Jahren lernen, Verantwortung für mein Leben zu übernehmen. Solle aufhören, immer wenn ich glaubte, es geht nicht weiter, die Vogel-Strauß-Politik auszuleben. Solle nicht immer wieder in der Opferrolle aufgehen wie ein Hefeteig, der die richtige Temperatur erreicht hat. Wer oder auch was war ich denn? Warum benahm ich Hornochse mich ständig wie ein Opferlamm auf dem Weg zur Schlachtbank? Sylvia predigte mir immer und immer wieder:

,Reiß dich zusammen! Es hat keinen Sinn, den Kopf in den Sand zu stecken. Deine Probleme müssen angepackt und nicht ausgesessen werden.'

Zurückblickend muss ich zugeben, dass Sylvia mich in unserer letzten gemeinsamen Zeit oft anschrie. Seit dem zurückliegenden Jahr ging das schon so mit uns. Wir stritten uns Tag für Tag. Getrennt hatten wir uns jedoch nicht. Tapfer haben wir beide an unserer – wenn auch aus heutiger Sicht in Schieflage geratener – Verbindung festgehalten. Immerhin waren wir fast unser halbes Leben zusammen. Die gemeinsamen Jahre schmeißt man nicht einfach so, mit einem Fingerschnippen, kopflos, kampflos über Bord. Als sie es dann doch tat, war das schon der Hammer. Darüber darf ich gar nicht nachdenken."

„Warst du ihr immer treu?" Ronny hatte seine hörbaren Zweifel.

„Was für eine Frage!" Jan war entrüstet.

„Natürlich! Na ja, den Marktwert habe ich selbstverständlich schon dann und wann ausgetestet. Doch *gegessen* habe ich immer zu Hause. Warum auch fremdvögeln? Der Sex zwischen uns war eine Granate. Sylvia war, nein, ich gehe davon aus, dass sich in drei Monaten nichts verändert hat, ist biegsam wie eine Akrobatin. Sexuellen Neuerungen gegenüber stets offen. Experimentierfreudig. Diese Frau war zu einem Blowjob fähig, ich kann dir sagen … ihr Können schoss mich jedes Mal in eine andere Galaxie. Für mich gab es tatsächlich nie auch nur die geringste Veranlassung, meinen heimischen Herd zu verlassen. Doch du siehst beziehungsweise du hörst, es ist mir auch mit noch so viel Einfühlungsvermögen und Rücksichtnahme beim Sex nicht gelungen, Sylvia zu halten. Ganz offensichtlich bin ich kein Frauenversteher. Wenn ich so zurückdenke, habe ich ihr unsagbar viel zu verdanken. Sie hat mich ewig angespornt. Hat mir Feuer unterm Hintern gemacht, wenn ich mal wieder daran dachte, aufzugeben. Sie war das Gute zu meinem Bösen. Sie war mein Antrieb. Sie war mein Motor. Sie war mein Lebenselixier. Sie war … einzig durch sie stehe ich heute da, wo ich jetzt stehe. Scheiße, was bin ich nur ohne sie? Dabei habe ich mich wirklich bemüht. Weißt du, ohne Sylvia treibe ich auf den Wellen in der Weite der Weltmeere wie ein Stück Treibholz. Willst du wissen, was sie mir zum Abschied noch beim Hinausgehen mit einem tränenüberströmten Gesicht an den Kopf geworfen hat? Ronny, halte dich fest!

,Mein Lieber', hat sie zu mir gesagt, ,du hast einen Riesenschwanz, kannst damit bestens umgehen. Doch Sex ist nicht alles! Was nutzt es, wenn du meinen G-Punkt kennst, jedoch ansonsten auf keinen Punkt kommst!' Stell dir das mal vor! Kannst du dir im Entferntesten vorstellen, wie weh so ein Kommentar tut?"

Jan ertrank schon wieder in seinem Selbstmitleid.

Jan konnte froh sein, in Ronny einen Freund gefunden zu haben, der es sich zur selbst erklärten Aufgabe gemacht hatte, Jan zur Seite zu stehen.

Er konnte froh sein, dass Ronny ein so netter, aufgeschlossener und megasympathischer Typ war und dass Ronny über ausreichend Zeit und nicht weniger Interesse verfügte. Ein anderer hätte ihn mit großer Wahrscheinlichkeit schon lange auf den Pott gesetzt, den Kopf zurechtgerückt und wäre aufgestanden und gegangen. Doch Ronny nicht.

Ronny konnte sich auch nach einem so kurzen, dramatischen Warm-up durchaus vorstellen, in Jan einen Freund gefunden zu haben und ebenfalls ein Freund für ihn zu sein.

Jan trank sein zweites Bier aus und hielt Ausschau nach der Kellnerin.

„Du auch noch eins?"

„Ja", antwortete Ronny durstig.

„Noch mal zwei!", rief Jan der Kellnerin, die am Nachbartisch abkassierte, barsch zu, zeigte auf ihre leeren Gläser und wühlte weiterhin ohne Umschweife tief in seiner Vergangenheit.

„Es ist alles meine Schuld. Wie oft hatte ich Sylvia versprochen, mich zu ändern! Nun ist sie fort. Rums! Ein lautes Türknallen war das Letzte, was ich von ihr gehört habe. Gegangen ist sie. Endgültig, wie sie sagte. Mit all ihren Koffern. Ihre lieb gewordenen Möbel, ein circa zwei Meter hohes Metallregal, drei Meter breit, zum Aufbewahren ihrer CD-Sammlung, ihren schwarzen Schreibtisch, einige Lampen, drei weitere Glasregale, circa einen Meter fünfzig hoch, des Weiteren einen Schaukelstuhl und last, but not least ihre CD- und LP-Sammlung wollte sie zu einem späteren Zeitpunkt nachholen. Sie würde sich melden, hatte sie zu mir gesagt. Das Beste kommt noch. Weißt du, wer ihr Retter in der Not war? Du glaubst es kaum, ihr allerliebster platonischer Freund Tom. Pah, dass ich nicht lache! Aus unserer Wohnung ist sie ausgezogen und bei diesem Sack eingezogen! Zug um Zug. Platonische Liebe unter differenten Geschlechtern! Unmöglich ist das. Wer's glaubt, wird selig! Ihr Lover wird er sein. Wer weiß, wie lange schon? Hörner hat sie mir aufgesetzt", echauffierte sich Jan.

Ronny spürte, dass Jan vor Wut schäumte.

„Wie ich schon angedeutet habe, vor gut fünfundzwanzig Jahren, kurz nach der Maueröffnung, habe ich sie zufällig kennengelernt. Sie, die selbstbewusste, aufrechte, emanzipierte, wunderschöne Westdeutsche. Gut gebaut und hochgewachsen. Langes, dunkelblondes Haar. Riesige Kreolen hatte sie in ihren kleinen Ohrläppchen. Ein fürchterliches T-Shirt in Neongelb trug sie unter ihrem gut sitzenden schwarzen Blazer. Die Ärmel des Blazers hatte sie lässig hochgekrempelt. Ihre Beine steckten in schwarzen Leggings. Ich weiß es noch genau, ihre langen Beine kamen in den Leggings sehr gut zur Geltung. Ihre gut gewachsenen, vollen Brüste zeichneten sich unter dem eng anliegenden Shirt gut sichtbar ab. Was für eine Augenweide!

Nun stell dir mich, eine kleine graue Maus, vor. Ich, der eingeschüchterte, unsichere Ossi, steckte in einer schlecht sitzenden Ost-Jeanshose und einem schwarzen Fußballweltmeistertrikot aus Polyester. Ich gab mich komplett der Lächerlichkeit meines attraktiven Gegenübers preis, indem ich noch einen gruseligen Vokuhila-Haarschnitt und on top einen Oberlippenflaum, gedacht als Schnauzbart, trug. Ich frage mich noch heute, wie sie mich überhaupt in meinem damaligen Aufzug wahrnehmen konnte. Als ich meine Sylvia kennenlernte, war ich gerade dreiundzwanzig Jahre alt. Ich bin übrigens Baujahr 66. Sylvia ist Baujahr 67. Wir waren beide noch so jung und hatten unser gesamtes Leben noch vor uns. Ich war ein Jungspund. Voll im Saft. Meine Hörner hatte ich mir zwar schon hier und da abgestoßen, doch die Richtige war nie dabei! Rund drei Monate nach dem Mauerfall war das damals. Im Februar des Jahres 1990. Ich erinnere mich, als wäre es gestern gewesen. Ich war sofort Feuer und Flamme, als ich sie sah. Brannte lichterloh. Vom großen Zeh bis in die letzte Haarspitze. Hatte mich Hals über Kopf in sie verliebt. Das Schicksal wollte es anders. Wir verloren uns nach dem damaligen Aufeinandertreffen aus den Augen und trafen uns ganz zufällig auf einer Fete meines Kollegen wieder. Mein damaliger Kollege war doch tatsächlich der beste Freund von Sylvias Bruder. Dieser hatte Sylvia an diesem Abend im Schlepp. Wir waren, wie es der Zufall des Lebens so wollte, beide solo. Unserem gemeinsamen Glück stand nichts entgegen. Bei einem Tänzchen auf der Feier hatte es dann auch bei Sylvia richtig und endgültig Zoom gemacht. Ich war als ehemaliger DDR-Staatsbürger nicht mehr zu erkennen. War optisch komplett, von den Haarspitzen bis zur Fußsohle, zum Wessi mutiert. Hatte mich wie ein Chamäleon optisch den Gepflogenheiten angepasst. In diesem Sommer, damals im Jahr 1991, wurden wir ein Paar. Rund eineinhalb Jahre nach unserem ersten schicksalhaften Aufeinandertreffen.

Was wollte ich dir vor meinem Abschweifen in meine Beziehungskiste eigentlich erzählen? Ach ja, der Mauerfall. Das wohl wichtigste Ereignis der deutschen Nachkriegsgeschichte", philosophierte Jan.

„Ronny, weißt du, wie das damals war?"

Ronny zog seine Stirn kraus.

„Nein, nicht wirklich. Hat mich nur am Rand interessiert. Ich hatte nie Verwandte in der einstigen DDR und hatte somit nie einen Draht dazu. Doch 1989 waren die Zeitungen und die Fernsehberichterstattungen ja komplett voll von der Wiedervereinigung. Ich habe einige wenige Informationen über den Mauerfall in Erinnerung. Über die ehemalige DDR weiß ich allerdings so gut wie nix."

„Ihr seid schon ein eigenartiges Völkchen da unten in eurem Freistaat Bayern. Na, dann will ich dir die Geschichte der deutschen Einheit, die Geschichte des DDR-Staates mal ein wenig näherbringen."

Jan driftete gedanklich tief in die zurückliegende Vergangenheit ab.

„Angefangen hatte *alles* sowohl mit den friedlichen Montagsmärschen als auch den vielen Lichterketten in den Kirchen. Ich war komplett beeindruckt, dass Menschen in der DDR solche Aktionen durchführen konnten, ohne inhaftiert zu werden. Ich war sehr überrascht, dass dieses Massenauflehnen gegen unser Regime keinerlei Konsequenzen nach sich zog. Von klein auf wurde mir seitens meiner Eltern, meiner Onkel, meiner Tanten und Großeltern eingetrichtert, dass jedwede Form der freien Meinungsäußerung oder – schlimmer noch – Taten gegen unser korruptes Regime gnadenlos mit jahrelangem Knastaufenthalt bestraft worden sind … und nun? Nichts! Wie ich den verbotenen Berichten des Westfernsehens entnehmen konnte, wurde Honecker durch Krenz ersetzt. Nur kurze Zeit nach den friedlichen Protestaktionen gegen die DDR-Führung und ihre

Machenschaften. Doch die Rechnung des SED-Politbüros ging offensichtlich nicht auf. Unsere in Wallung geratenen Massenproteste gingen weiter und weiter. Unsere Massen wollten reisen. Unsere Massen wollten Privilegien. Unsere Massen wollten nicht mehr in Gefangenschaft leben. Unsere Massen wollten ferner Rechte und wollten ihr Leben selbst bestimmen. Eine wahre Flüchtlingswelle kam ins Rollen.

Kurz darauf kam es im Schloss Gymnich am 25. August 1989 zu einem Geheimtreffen der ungarischen und deutschen Staatschefs, welches die Öffnung der ungarisch-österreichischen Grenze in der Nacht vom 10. auf den 11. September 1989 für die Botschaftsflüchtlinge aus Ungarn zur Folge hatte. Tausende flüchteten in die Botschaften der Bundesrepublik in Warschau, Budapest und Prag. Auch meine beiden besten Kumpel, Frank und Klaus, meine seinerzeit besten Freunde, hatten sich über Umwege auf den Weg nach Ungarn gemacht. Für die beiden galt nur eins: Der Weg ist das Ziel!

Beide wollten raus, nur raus aus der Tristesse des grauen DDR-Alltags. Beide wollten raus aus dem korrupten Sumpf des Diktaturstaates. Beide wollten mich mitnehmen. Versuchten vor ihrer Republikflucht immer wieder, mich zum Mitkommen anzustiften und mich zu überreden. Ich sollte mich ihnen auf ihrer bevorstehenden Abenteuerreise anschließen. Beide malten mir die bevorstehende Zukunft im Westen Deutschlands in Rosarot und Himmelblau aus. Beide waren der Suggestivwerbung der verbotenen, heimlich gesehenen Fernsehkanäle – aus dem Tal der Ahnungslosen – zum Opfer gefallen."

„Sorry, sie sind wem zum Opfer gefallen?"

Jan musste lachen.

„Dem Westfernsehen sind sie zum Opfer gefallen, mein lieber Ronny. Ich meinerseits war zu feige und hatte meine Hosen allein bei dem Gedanken *Republikflucht* gestrichen voll. Ich hatte Schiss und traute mich nicht, mich den beiden anzuschließen.

Zu deutlich saß in meinem Unterbewusstsein der Umgang mit Abtrünnigen in der DDR. Ich kann dir sagen, ich habe diesbezüglich meine Erfahrungen machen dürfen. Doch später zu diesem Thema mehr."

Jan holte tief Luft, nahm einen großen Schluck der vor ihm stehenden Hopfenkaltschale und fuhr fort.

„Was ist wenn?", war meine beliebte Frage, wenn meine beiden Kumpel mal wieder mit ihrer Leier der Republikflucht anfingen. Du musst wissen, Republikflucht war gleichzusetzen mit einem begangenen Schwerverbrechen. Mord oder so. Nein, zurückblickend glaube ich, Republikflucht war noch schlimmer als Mord. Frank und Klaus flüchteten letztlich genervt ohne mich. Beide reisten offiziell am 17. August des Jahres 1989 zum Zelten an den Plattensee nach Ungarn. Bereits im Mai 1989 hatten Mitglieder des oppositionellen ungarischen demokratischen Forums bei einem Abendessen die Idee, ein *Paneuropäisches Picknick* zu veranstalten. Als Ort der freundschaftlichen Begegnung zwischen Ost und West wurde Sopron, rund zweihundert Kilometer westlich von Budapest, ziemlich dicht an der österreichischen Grenze gelegen, auserkoren. Am 19. August 1989 sollte dort eine Feierlichkeit der Begegnung und des Freiheitswillens stattfinden. Für ein paar Minuten sollte nach den Planungen der Organisatoren nur symbolisch, nur ganz kurz die Grenze geöffnet werden. Eine Delegation von Abgesandten aus Österreich und Ungarn wollte am Ort der Teilung zusammenkommen. Doch es kam ja alles anders als geplant und gedacht. Tatsächlich stürmten an diesem Tag rund sechshundert DDRler unter den wachsamen Augen ungarischer Soldaten während der Öffnung des Tors über die Grenze. Für wenige Stunden hatte man das verwitterte Holztor an der Grenze nach mehr als vierzig Jahren geöffnet. Somit gab es für den einen oder anderen kein Halten mehr. Der Damm war gebrochen. Die Soldaten ließen die Ausreisewilligen passieren. Erst am späten Nachmittag nahmen die ungarischen Soldaten ihre strengen Passkontrollen wieder auf. Bereits am 19. August 1989 begann der Fall der Berliner Mauer. Darüber sind sich im Nachhinein sowohl die Zeitzeugen als auch die Politiker einig.

Auch meinen beiden Freunden gelang an diesem Tag die Flucht in den viel gepriesenen, ihnen völlig unbekannten Westen. Beide schworen mir vor ihrer Flucht, drüben in der BRD auf mich zu warten. Beide wollten mich – sollte ich mich jemals entscheiden, in die Pötte zu kommen, ihnen in den goldenen Westen zu folgen – mit offenen Armen aufnehmen in dem Schlaraffenland des Kapitalistenstaates. In einem Land, in dem es für jeden Mann und jede Frau bei Bedarf „braune" und „weiße" Ware ganz ohne Wartezeit und zu bezahlbaren Preisen zu kaufen gab. In einem Land, in dem es gute, befahrbare Straßen mit einem der besten Autobahnnetze der Welt und ebenso die besten Autos der Welt, bezahlbar, kurzfristig lieferbar, ganz ohne Wartezeit, für alle gibt. In einem Land, in dem die Häuser bei Bedarf Farbanstriche bekommen. In einem Land, in dem Immobilien gehegt und gepflegt werden. In dem das Eigentum eines anderen bewundert und nicht beneidet wird. Jedenfalls manchmal. In einem Land, in dem die Freiheit des Menschen unantastbar ist. In einem Land, in dem die freie Meinungsäußerung durchaus erwünscht ist und nicht als Hochverrat geahndet wird. In einem Land, in dem es selbstverständlich, wie bei uns im Osten, für jeden Mann und jede Frau genug Arbeit und Brot gibt. In diesem freien Land wollten mich meine beiden Freunde nach ihrer Regenerationsphase aufnehmen. Versprachen mir hoch und heilig, mich in ihre bis dahin selbstverständlich in ihrem Besitz befindliche, schicke bezahlbare Wohnung mit allem Pipapo aufzunehmen. Doch Frank und Klaus waren nicht die einzigen Fahnenflüchtigen, die ich kannte.

Mein Cousin Holger setzte sich mit Frau und Kind im Oktober 1989 über die Warschauer Botschaft ab. Ronny, das ganze Vorhaben hört sich im Nachhinein wie ein *Science-Fiction*-Krimi an. Völlig spooky. Holger hatte für sich, seine Frau und den gemeinsamen sechsjährigen Sohn alles von langer Hand bis ins kleinste Detail geplant. Holger füllte drei Wochen zuvor eine Reiseanlage für seine kleine Familie und sich bei der Meldestelle der Deutschen Volkspolizei zur Ausreise aus. Dieser wurde stattgegeben. Übrigens, im Volksmund hieß diese Reiseanlage Visum. Hierzu hatte er in Absprache die Adresse einer Familie in Warschau angegeben, bei der sich Wochen zuvor ein Freund von ihm aufgehalten hatte. Angeblich luden die Gastgeber seine Familie und ihn zu einem imposanten Geburtstagsfest ein. Gefeiert werden sollte die Volljährigkeit der Tochter der Gastgeber. Pfiffig, wie Holger und seine Angetraute waren, hatten sie tatsächlich Geschenke für das *Geburtstagskind* und Mitbringsel für ihre *Bekannten* eingekauft. Diese repräsentativ eingepackt. Wie es sich gehört, jeweils mit Namensschild beschriftet und im Gepäck verstaut.

Mein Cousin wohnte mit Frau und Kind in Schwerin. Am Tag der Flucht ging es zum Bahnhof Richtung Ostberlin. In Ostberlin wollten sie offiziell ein befreundetes Ehepaar besuchen. Inoffiziell wollten sie sich jedoch unbedingt noch vor ihrer geplanten Flucht von ihren Freunden verabschieden. Man wusste ja nicht, wann man sich beziehungsweise ob man sich jemals wiedersehen würde. Holger, seine Frau und der gemeinsame Sohn waren so aufgeregt, dass alle drei ausreichend Beruhigungsmittel zur Bewältigung des langen Weges zu sich nahmen. Die Zeit verging, die Abfahrt des Zuges rückte näher. Ab ging die Post aus der Wohnung der Bekannten. Vor der Tür wartete schon eine bestellte Taxe. Mit dieser ging es zum Bahnhof Ostberlin. Am Bahnhof angekommen, spurtete mein

Cousin nebst Familie auf den Bahnsteig XY. Eilig stiegen sie in den bereitstehenden Zug in Fahrtrichtung Warschau.

Nach dem Einstieg in den Zug, kurz vor der Abfahrt nach Warschau, wurden er, sein kleiner Sohn, der in der Zwischenzeit unter der Wirkung des Beruhigungsmittels eingeschlafen war, und seine Frau von einem Fahrkartenkontrolleur zur Überprüfung der Richtigkeit ihrer Fahrkarten in ihrem Abteil besucht. Kaum war der Kontrolleur aus dem Abteil gegangen, kam ein Typ aus der Abteilung Passkontrolleinheit zur erneuten Visitation. Dieser unterzog Holger nebst Anhang einer akribischen Personenkontrolle. Zuvor hatten Holger und seine Frau Stasileute in langen Ledermänteln durch den Zug laufen sehen. Den beiden ging der Arsch auf Grundeis. Nackte Panik erfasste die zwei. Jedoch taten die zuvor eingenommenen Tabletten ihr Übriges. Während der ganzen Zeit blieben beide äußerst cool und gefasst. Ließen sich durch nichts und niemanden aus der Ruhe bringen.

Dem Typen gefiel etwas an ihren Papieren nicht, und somit musste die kleine Familie vor der Abfahrt nach Warschau aus dem Zug aussteigen. Auf die persönlichen Befindlichkeiten der drei wurde keinerlei Rücksicht genommen. Auch nicht auf die Abfahrt *ihres* Zuges. Mein Cousin, seine Frau und der gemeinsame Sohn wurden auf dem Bahnhof in ein Bahnhofhäuschen und hier in einen kleinen Raum geführt. In diesem sollten und mussten sie warten. Mein Cousin vermutete Abhörgeräte in dem Zimmer und gestikulierte seiner besseren Hälfte, sie möge still sein. Er übernahm das Reden. Beruhigte seinen weinenden Sohn Christian. Sprach von dem anstehenden Geburtstagsbesuch bei den Bekannten in Warschau, von dem Mädchen der Bekannten, das ihren Geburtstag groß feierte und sie zu dem Event eingeladen hatte. Nach einer Weile durften die drei den Raum verlassen. Die zuvor konfiszierten Reisetaschen, in die mein Cousin und dessen Frau lediglich das Notwendigste zur

Untermalung ihrer Story und die gefakten Geschenke eingepackt hatten, bekamen sie ohne Verlust zurück. Der Zug, ihr
Zug in Richtung Warschau, war lange zuvor ohne sie abgefahren. Die Grenzpolizisten hatten mit den dreien ein Einsehen
und verfrachteten sie in ein bereitstehendes Grenzbrigadeauto.
Mit diesem wurden sie über die Grenze der DDR nach Polen
gefahren. Somit haben die Grenzpolizisten der DDR tatsächlich noch Fluchthilfe geleistet.

An der polnischen Grenze angekommen, suchte mein Cousin eilig ein Taxi. Die kleine Familie fuhr mit diesem zum
Bahnhof. An diesem wohlbehalten angekommen, stiegen er,
seine Frau und sein Sohn in einen bereits bereitstehenden Zug
in Fahrtrichtung Warschau. Als sie Polens Hauptstadt erreicht
hatten, ging die Flucht meines Cousins und seiner Sippe erneut mit einem Taxi weiter. Dieses Mal Richtung Warschauer
Botschaft. In der diplomatischen Vertretung Polens heil angekommen, mussten sie feststellen, dass die Auslandsvertretung
vor Flüchtlingen fast überquoll. Doch es wurde keiner aus der
Botschaft verwiesen. Ganz im Gegenteil. Die diplomatischen
Vertreter hatten Zimmer in diversen Hotels angemietet. Die
Botschaftsangestellten verfrachteten meinen Cousin und seine
Familie für zwei Wochen in ein schickes Hotel, in dem bereits
weitere Flüchtlinge residierten.

Zwei Wochen später wurden er und seine Familie aus
Warschau nach Westdeutschland ausgeflogen. Die drei kamen
zunächst ins Übergangslager Schöppingen, und von hier aus
ging ihre Reise weiter hoch in den Norden Deutschlands in
die Landeshauptstadt Schleswig-Holsteins, nach Kiel. Holger
hatte zuvor angegeben, eine Tante in Kiel zu haben. Eine nicht
von der Hand zu weisende Tatsache. So landete mein Cousin
seinerzeit an der Kieler Förde. Er hatte Glück. Er war Polsterer,
seine Frau Krankenschwester. Er fand nicht sofort eine Anstellung, aber seine Frau schon, und zwar nur wenige Tage nach

ihrer gemeinsamen Ankunft in Kiel in einer privaten Unfallklinik in der Kieler City als Nachtschwester. Mein Cousin war nicht traurig, für eine gewisse Zeit keinem Job nachgehen zu müssen. Zurückblickend sagte er mal, diese Zeit sei die beste Zeit in seinem Leben gewesen. Tja, der Holger. Wie er sich damals so gekonnt aus dem Staub machen konnte, und zwar unter den wachsamen Augen der Stasibespitzelung, ist mir immer noch ein Rätsel. Ich habe ihn lange nicht mehr gesehen. Ist übrigens auch nicht mehr mit seiner bezaubernden Frau zusammen. Sind zwischenzeitig geschieden. Er ist tatsächlich, mit Ende vierzig, schon das zweite Mal geschieden … der Hallodri." Jan fing an zu schmunzeln.

„Na ja, aller guten Dinge sind wohl drei. Mein Cousin ist seit geraumer Zeit wieder auf Freiersfüßen. Seine erste Ehe ging in die Binsen, da seine damalige Holde andere Ambitionen hatte. Wollte in der ehemaligen DDR hoch hinaus. Besuchte die SED-Bezirksparteischule. Holger zog nicht mit, und so ging seine erste Ehe nach kurzer Zeit in die Brüche."

„Und das Kind?" Ronnys Neugierde war geweckt.

„Ist tatsächlich von seiner zweiten Frau. Eine komplizierte Geschichte. Holger war vor seiner ersten Ehe mit seiner zweiten Frau liiert. Sie wurde ungeplant schwanger. Er bekam Panik und verließ sie kurz nach der Geburt seines Sohnes. Auf einem Kulturfest lernte er seine erste Frau kennen und lieben. Prompt heiratete er diese Hals über Kopf. Aus bekannten Gründen ging diese Ehe kaputt. Durch das Kind hatte er nach einer ausgedehnten Erholungspause lockeren Kontakt zu seiner zweiten Frau, der Mutter seines Sohnes, gehalten. Die beiden fanden durch das gemeinsame Kind wieder zueinander, sprachen sich aus und heirateten. Das Familienidyll war perfekt."

Ronny war von der Geschichte geflasht.

Unbeeindruckt von Ronnys Mimik setzte Jan seine Berichterstattung fort.

„Puh!, ich bin schon wieder von Franks und Klaus' Flucht abgekommen. Was wollte ich noch sagen?"

Jan sah Ronny nachdenklich an.

Ronny zwinkerte Jan zu.

„Warte, du sagtest: Sie versprachen dir hoch und heilig, dich in ihre bis dahin in ihrem Besitz befindliche, schicke bezahlbare Wohnung mit allem Pipapo aufzunehmen."

„Danke, Ronny. Ja, genauso sagten sie es mir, bevor sie in einem ihnen völlig unbekannten Land brutal strandeten. In einem Land mit einer ihnen grundlegend unbekannten Mentalität. Waren sie doch wie ich – ihr Leben lang – lediglich durch eine Mauer mit einer verminten Grenze, einer Grenze mit installierten Selbstschussanlagen – von dem anderen, dem besseren Deutschland, das wir alle lediglich aus Erzählungen von Verwandten aus dem Kapitalistenland und dem verbotenen Westfernsehen kannten, entfernt. Ihre neue Welt war jedoch bei genauerer Betrachtung eine komplett andere Welt, als die beiden Idioten es sich in ihren kühnsten Träumen hätten vorstellen können. Nach ihrer Flucht sind meine beiden Freunde ziemlich hart gelandet und auch aufgelaufen. Wenn man nicht in unserem System groß geworden ist, kann man sich *das* wahrscheinlich nur schwer vorstellen.

Wir haben wahrlich hinter dem Mond gleich links gelebt. Hatten vom Westen keinen blassen Schimmer. Dachten, bei euch wächst das Geld auf den Bäumen. Haben naiverweise angenommen, in der BRD gäbe es keine Probleme. Wenn Probleme, dann nur Luxusprobleme. Wie ihr wann, wo und wofür euer Geld ausgeben könnt. Von der Realität, von euren Sorgen und Nöten hatten wir doch keine Ahnung. Dass es auch bei euch mehr als genug Probleme gab, woher sollten wir das wissen? Erzählt hatten unsere Verwandten uns das damals nicht. Wenn, wollten wir es auch nicht wahrhaben. Soziale Unterstützungszahlungen seitens unserer Ämter, soziale Armut oder gar soziale Brennpunkte kannten wir doch gar nicht."

„Sag mal, Jan, hast du noch Kontakt zu deinen Freunden Frank und Klaus?", fragte Ronny interessiert.

„Wie kommst du jetzt darauf? Ja, wieder. Nach der Maueröffnung hatten wir uns kurz aus den Augen verloren. Doch seit einigen Jahren haben wir wieder lockeren Kontakt. Wir telefonieren dann und wann. Frank lebt mittlerweile in Wuppertal. Klaus in Düsseldorf. Beide haben einen guten Job in der IT-Branche. Frank als Programmierer. Klaus im Management. Beide haben damals, nach ihrer Flucht, ihre Chance ergriffen und Informatik studiert. Wenn ich mal in ihrer Nähe bin beziehungsweise einer der beiden in Berlin ist, versuchen wir immer ein Treffen zu organisieren. Jeder von uns lebt sein Leben. Die beiden sind verheiratet und haben jeweils zwei Kinder. Darf ich dir sonst noch weitere Fragen beantworten?", fragte Jan Ronny barsch.

Es war offensichtlich, dass Jan sich durch Ronnys Frage in die Enge gedrängt fühlte.

Ronny hatte mit seiner Frage in ein Wespennest gestochen.

„Nein, alles gut. Ich wollte nur wissen, ob ihr eure Freundschaft trotz aller Widrigkeiten aufrechterhalten konntet", beschwichtigte Ronny ihn.

Der kleine Diktator und sein Gesindel

„Apropos, wusstest du, dass das verlogene SED-Regime die Gerüchte über den Mauerbau im Jahre 1961 komplett verneinte?"

„Jan, ich sagte dir doch schon, dass die Geschichte der ehemaligen DDR mir nur teilweise bekannt ist. Von deinen Insiderstorys habe ich keinen blassen Schimmer."

„Na, dann hör mal zu, mein lieber Ronny. Unser Genosse Walter Ulbricht, unser einstiger, bis zum 3. Mai 1971 Erster Sekretär des Zentralkomitees der SED, stellte sich am 15. Juni 1961 auf einer Pressekonferenz den Journalisten. Auf dieser dementierte er Gerüchte zum Mauerbau wie folgt:

,Ich verstehe Ihre Frage so, dass es Menschen in Westdeutschland gibt, die behaupten, dass wir die Bauarbeiter der Hauptstadt der DDR mobilisieren, um eine Mauer aufzurichten, ja? Mir ist nicht bekannt, dass eine solche Absicht besteht, da sich die Bauarbeiter in der Hauptstadt hauptsächlich mit Wohnungsbau beschäftigen und ihre Arbeitskraft voll eingesetzt wird. Niemand hat die Absicht, eine Mauer zu errichten.'

Tja, mein Lieber, so frech dementierte seinerzeit der DDR-Staatsratsvorsitzende, unser Spitzbart Walter Ulbricht, auf einer Pressekonferenz in Ostberlin dieses Gerücht. Stell dir das mal vor! Damals hatte das Regime meiner Meinung nach bereits den Plan gefasst, den Ostsektor Deutschlands hermetisch von dem restlichen Deutschland, ach, was sage ich, gar von dem gesamten Westen abzuriegeln. Bereits am 13. August 1961, nur rund zwei Monate später, vor nunmehr rund dreiundfünfzig Jahren, begannen die Arbeiten am Mauerbau. In der Nacht vom 12. auf den 13. August 1961 gab Walter Ulbricht, der SED-Parteiführer und Vorsitzende des Nationalen Verteidigungsrates der DDR, den Befehl zur Abriegelung der Sektorengrenze in Berlin. Sowohl mit dem Einverständnis der Sowjetunion als auch mit der Rückendeckung der sowjetischen Truppen in der DDR wurde das letzte Schlupfloch versperrt, durch das es dem einen oder anderen noch gelingen konnte, der korrupten SED-Diktatur zu entkommen. Kannst mal sehen, was die Worte des Herrn Ulbricht wert waren. Ich bin der Meinung, hätten die anderen Alliierten nicht den damaligen Mauerbau zähneknirschend hingenommen, wer weiß, vielleicht würde es Deutschland, so wie wir es jetzt kennen, gar nicht mehr geben. Vielleicht hätte ein Veto der weiteren drei Alliierten einen dritten Weltkrieg vom Zaun gebrochen. Weißt du, was im Juni des Jahres 1961 der damalige US-Präsident John F. Kennedy während eines Treffens mit weiteren Staatsmännern in Wien äußerte?"

„Nein, weiß ich nicht. Ich denke jedoch, dass du es mir gleich sagen wirst", raunte Ronny Jan zu.

„Ja. Habe ich vor. Kennedy sagte damals: ‚*Keine sehr schöne Lösung, aber tausendmal besser als Krieg.*'

Der einstige Mauerbau war eine konkrete Manifestierung des Status quo. Ronny, die Mauer trennte ja nicht nur die Verbindungen im Stadtgebiet Groß-Berlins zwischen dem Ostteil, der Hauptstadt der DDR, und dem Westteil, sondern diese umschloss komplett alle drei Sektoren des Westteils und unterbrach damit auch jegliche Verbindung der Stadt zum im DDR-Bezirk Potsdam gelegenen Berliner Umland. Die Berliner Mauer war die letzte Aktion der Teilung der Nachkriegsordnung der Alliierten. Sie war ein markantes Symbol des Konflikts im Kalten Krieg zwischen den von den Vereinigten Staaten dominierten Westmächten und dem sogenannten Ostblock unter der strengen Herrschaft der Sowjets.

Infolge eines Beschlusses der politischen Führung der Sowjetunion Anfang August 1961 und mit einer wenige Tage später damit einhergehenden Weisung des DDR-Regimes ergänzte die Berliner Mauer das 1378 Kilometer lange, innerdeutsche hermetisch abgeriegelte Grenzsystem zwischen der DDR und dem Westen Berlins. Ach, was sage ich, der gesamten Bundesrepublik Deutschland. Eine Grenze, die bereits rund neun Jahre zuvor durch Maschendraht, Zäune und Alarmvorrichtungen gesichert wurde, um den anhaltenden Flüchtlingsstrom zu stoppen. Im Laufe der Jahre wurde diese Absicherung gegen den Flüchtlingsstrom Schritt für Schritt *perfektioniert*. Offiziell suggerierte man uns Ostdeutschen, dass die gesamte Grenzsicherung zur Bundesrepublik uns, die Bürger Ostdeutschlands, vor der Abwanderung, der Unterwanderung, der Spionage, der Sabotage, dem Schmuggel, dem Verkauf unserer Grundstücke, dem Immobilienverkauf und auch der wachsenden Aggression aus dem Westen schützt. Selbstschussanlagen, Wachtürme, Minen und Gräben wurden vor der Mauer, hinter der Mauer, auf der Seite des Ostsektors, step by step hinzugefügt. Bei Versuchen, die circa 168 Kilometer langen und schwer bewachten Grenzanlagen in Richtung Westberlin zu überwinden, wurden nach meinem Kenntnisstand zwischen 136 und 245 Menschen getötet. Die genaue Zahl unserer Todesopfer an der Mauer ist allerdings nicht bekannt."

„Wow, kannst du mir mehr zu dem Bau beziehungsweise zur Geschichte des einstigen Mauerbaus erzählen? Ich weiß zwar aus den Geschichtsbüchern einiges darüber, doch du als Insider hast bestimmt Infos für mich, die ich noch nicht kenne." Ronny war an dem Beginn der Teilung Deutschlands aus der Perspektive eines Ostdeutschen sehr interessiert.

„Na ja, ich weiß nicht, ob ich die Geschichtsbücher toppen kann. Aber das, was ich weiß, erzähle ich dir gerne. Vielleicht ist ja wirklich das eine oder andere dabei, das du tatsächlich noch nicht über die Mauer wusstest."

Jan war durch Ronnys Interesse gebauchpinselt, holte tief Luft und fing an zu erzählen.

„Also, zur Geschichte unseres *antifaschistischen Schutzwalls*. Entlang der Grenze zu Schleswig-Holstein, Niedersachsen, Hessen und Bayern bestand seit der Anordnung von 1954 auf dem Gebiet der DDR offiziell ein Sperrgebiet. Ab 1957 hieß die Demarkationslinie bei uns in der DDR offiziell *Staatsgrenze West*. Im Volksmund sagten wir *Grenze nach Westdeutschland*.

Unsere Grenze war, wie schon erwähnt, 1378 Kilometer lang und verfügte über eine vorgelagerte fünf Kilometer breite Sperrzone. Dieser folgten ein 500 Meter breiter Schutzstreifen und ein zehn Meter breiter Kontrollstreifen unmittelbar vor dem Grenzzaun. Dieser Bereich war zeitweise mit Antipersonenminen und/oder mit Selbstschussanlagen ausgerüstet.

Zwei Mal, unter dem Aktionsnamen ‚Ungeziefer' 1952 und neun Jahre später, im Oktober 1961, unter dem Aktionsnamen ‚Kornblume', wurde der mit Stacheldraht gesicherte Schutzstreifen systematisch von allen möglichen Sichthindernissen ‚befreit'. Zu diesem Zweck wurden etliche Planierungen und Räumungen (auch Zwangsräumungen und Enteignungen) vorgenommen. Die Betroffenen – oft politisch Unzuverlässige – wurden miserabel entschädigt. Von zehn DDR-Pfennigen pro Quadratmeter ist die Rede.

Ferner wurden Flusspassagen und Übergänge durch tief reichende Sperrgitter gesichert. Hinter diesen Übergängen folgte bis zur eigentlichen Grenzlinie ein von der jeweiligen Geländetopografie abhängiges Areal, das sogenannte Niemandsland, das von unseren Republikflüchtigen oft falsch als westdeutsches Gebiet angesehen wurde. Doch auch einige von euch lösten dann und wann Grenzvorfälle aus, indem sie übermütig ins Niemandsland preschten. Bei Gewitter wurden die Selbstschussanlagen und die elektrischen Zäune abgestellt. Sie hätten sonst zu viele Fehlzündungen ausgelöst. Diese Lücke in der Grenzsicherung war landläufig nicht bekannt und wurde von unseren *Fahnenflüchtigen* nicht beziehungsweise nicht wahrnehmbar ausgenutzt. Das Betreten unserer fünf Kilometer breiten Sperrzone und des Schutzstreifens war nur unter besonderen Voraussetzungen möglich. Zum Beispiel bekamen die Anwohner einen Vermerk in ihrem Personalausweis, und die Besucher in diesem Gebiet mussten sich vor Besuchsantritt einen Passierschein ausstellen lassen. Dann die Monteure und Techniker, die in diesem Gebiet Stromleitungen oder Brücken zu reparieren hatten. Diese konnten nur mit einem Wachkommando in den jeweiligen Grenzabschnitt gelangen. Diese Prozedere waren nicht zu unterschätzen und dienten tatsächlich der Sicherheit eines jeden Betroffenen.

In den Wachtürmen und Bunkern postierte Grenzsoldaten hatten jedes verdächtige Ereignis umgehend zu melden. Fuhr zum Beispiel ein ganz normaler Reisezug planmäßig in Orte, die in der Nähe der Grenze lagen, wurden verdächtige Reisende während der Fahrt von der Transportpolizei, der Volkspolizei oder von freiwilligen Helfern der Grenztruppen – es sollen circa dreitausend Helferlein unterwegs gewesen sein – kontrolliert und zum Reiseziel befragt. Haben sie Personen ohne Passierschein in der Sperrzone aufgegriffen, wurden diese sofort dem zuständigen Grenzkommando gemeldet. Oha, da war was los! Das war dann, nett ausgedrückt, ein Grenzübertritt. Seit 1968 wurde Republikflucht in unserem Arbeiter-und-Bauern-Staat als Verbrechen geahndet und mit einer Höchststrafe von fünf Jahren Gefängnis verurteilt. Schon der Fluchtversuch war strafbar.

Dann hatten wir zur Sicherung unserer Grenzen in den Grenzkreisen, den Grenzorten und in den Betrieben der Grenzgebiete noch circa fünfhundert Grenzsicherheitsaktive, deren freiwillige, zivile Mitglieder ebenfalls Überwachungsaufgaben wahrgenommen haben. Durch diese intensive Überwachung konnten neunzig Prozent aller Grenzverletzer weit vor dem eigentlichen Grenzzaun abgefangen werden. Ab 1971 wurden einige Orte wie Sonneberg, Creuzburg, Gefell oder Kalten-nordheim aus der Sperrzone herausgenommen. Im Hinterland patrouillierten motorisierte Grenzaufklärer. Es existierten 870 Kilometer Grenzzaun, dazu auf 440 Kilometern Selbstschuss-anlagen und Minenfelder, 602 Kilometer Kfz-Sperrgräben und 434 Beobachtungstürme. Der eigentliche Grenzzaun war zunächst ein einfacher, hüfthoher Stacheldrahtzaun. In den 1960er-Jahren wurde die deutsch-deutsche Grenze durch die DDR immer stärker ausgebaut, um die Massenflucht aus un-serem Land in den goldenen Westen zu unterbinden. An der Grenze waren etwa 30.000 Grenzsoldaten der Grenztruppen der DDR stationiert. Die Grenzsoldaten hatten den Befehl, die Flucht mit Waffengewalt zu unterbinden. Für unsere DDR-Grenzsoldaten galt seit 1960 in Fällen des unerlaubten Grenz-übertritts der Schießbefehl. Stell dir vor, dieser wurde erst 1982 formell legalisiert.

Im Jahr 1961 wurde an der Grenze ein schwer überwindbarer doppelter Stacheldrahtzaun hinzugefügt. Dieser diente als Be-grenzung der Minenfelder. Ebenfalls kamen Streckmetallgit-terzäune mit Selbstschussanlagen, Signalzäune und Hunde-laufanlagen hinzu. An manchen Stellen bestand der Grenzzaun aus der weltweit bekannten Mauer. Weit vor der Sperrzone wurde jede Personenbewegung mit Argusaugen überwacht. Die gefürchteten Selbstschussanlagen waren zum geräumten Grenzstreifen der DDR ausgerichtet. Der zehn Meter breite Kontrollstreifen wurde bei uns, und ich meine auch bei euch, *Todesstreifen* genannt. Ronny, den Begriff Todesstreifen kennst du doch bestimmt."

Ronny nickte zustimmend.

„Betonelemente wie in der Berliner Mauer wurden bei grenz-nahen Siedlungen verwendet. Was gibt es sonst noch über un-seren antifaschistischen Schutzwall zu berichten? Ach ja, die innerdeutsche Grenze bestand aus mehreren Metallgitterzäunen mit Signalanlagen und Gräben. Ich weiß grad nicht, ob ich dir diese Bewachungsanlagen schon genannt habe." Jan ließ Ronny nicht zu Wort kommen und erzählte weiter.

„Nachts wurde der Schutzstreifen zu unserem Schutz beleuchtet. Das letzte Loch der innerdeutschen Grenze war Westberlin. Nach außen war die Grenze ähnlich gesichert wie die innerdeutsche grüne Grenze, jedoch war sie nach Ostberlin offen. Der Mauerbau am 13. August 1961 schloss die letzte offene Fluchtmöglichkeit. Problematisch waren für unsere Staatsoberhäupter die Gehöfte, die Betriebe und die kleineren Dörfer in der unmittelbaren Nähe der Grenze. Diese ließen sich schwer kontrollieren. Somit wurde deren Aufgabe von unserer Regierungsseite erzwungen. Die betroffenen Bewohner wurden nach und nach aus ihren Häusern und Höfen *evakuiert* und umgesiedelt. Die Gebäude in den Grenzgebieten wurden verrammelt und verriegelt beziehungsweise Stück für Stück abgebaut.

Ach ja, die Grenzen zu unseren Wasserstraßen und zum Meer. Die zahlreichen Grenzübergänge an den Wasserstraßen Spree, Havel, Teltowkanal waren nur für den gewerblichen Güterverkehr zugelassen. Sportboote mussten auf Binnenschiffe verladen werden oder mussten die Strecke im Schlepp passieren. Der gesamte DDR-Küstenbereich wurde mit einem engmaschigen Netz aus Radarketten und Beobachtungsposten dicht gepflastert. Auch schipperten Schiffe der Grenzbrigade Küste zur Kontrolle auf dem Wasser. Nachts wurden die gesamten Küstenabschnitte natürlich wieder grell und hell durch die Anlagen der Wachtürme beleuchtet. Doch diese Grenze war deutlich schwieriger abzusichern als die Landgrenzen. Schätzungen des Kommandos Küste beim Bundesgrenzschutz nach flüchteten seit dem Mauerbau circa eintausend DDRler übers offene Meer, über die Ostsee in den goldenen Westen oder gleich weiter in den hohen Norden nach Dänemark oder Schweden.

Noch im Januar des Jahres 1989 verkündete unser damaliger SED-Generalsekretär Erich Honecker: ,*Unser DDR-Schutzwall gegen die Einflüsse des Westens wird auch noch in fünfzig oder gar in einhundert Jahren stehen.*' Wie wir sowohl aus dem selbst Erlebten als auch aus den vielen Geschichtsbüchern wissen, kam alles anders, als es sich die Bewohner der Welt in ihren kühnsten Fantasiegebilden hätten ausmalen können. Walter Momper, der 1989 zum elften Regierenden Bürgermeister von Westberlin gewählt wurde, vertrat zu diesem Zeitpunkt im Übrigen ebenfalls die Ansicht, dass Westdeutschland auch im Jahr 2000 noch mit der Mauer leben müsste. Unser Alleinherrscher, Genosse Erich, der kleine alte Mann, vertrat ebenfalls nach außen die feste Meinung, dass die Mauer so lange stehen bleiben würde, bis sich die Bedingungen ändern würden, die 1961 in der Nacht vom 12. auf den 13. August zu ihrem Bau geführt hätten. Die *Frankfurter Allgemeine Zeitung* berichtete ausführlich über die deutschlandpolitischen Diskussionen in den westlichen Hauptstädten nach der noch unvollendeten, friedlichen Revolution in der DDR.

Selbst am Morgen des 9. November 1989 deutete tatsächlich sowohl für die emsige Bevölkerung in Ostdeutschland als auch in Westdeutschland nichts darauf hin, dass an diesem Tag die Mauer ihrem geschichtlichen Ende entgegensehen würde. Es deutete nichts auch nur ansatzweise darauf hin, dass es, *das* Datum war, an dem die deutsch-deutsche Geschichte neu geschrieben werden würde. Alles war augenscheinlich wie immer. Die DDR-Regierung soll Momper nach eigenen Angaben am 29. Oktober 1989 in einem Gespräch mit Ostberlins SED-Chef Günter Schabowski und Ostberlins Oberbürgermeister Erhard Krack informiert und dieser will angeblich entsprechende Vorbereitungen getroffen haben. Mompers späterer Ausspruch nach der Maueröffnung: ,*Berlin, nun freue dich*' ging im Übrigen um den ganzen

Globus. Momper wurde mit diesem Satz über alle Grenzen Deutschlands hinaus bekannt.

Die Grundlage für das Zusammenwachsen der beiden Stadthälften Berlins mit dem Umland wurde am 12. Dezember 1989 gelegt. Auf einem Treffen Mompers mit dem DDR-Ministerpräsidenten Hans Modrow. An diesem Tag, auf diesem Treffen, wurde als erstes grenzüberschreitendes Gremium der provisorische Regionalausschuss gegründet. Doch zuvor hatte ein ganz anderer die Fäden für das Ende des Kalten Krieges gezogen. Dieser Mann legte durch seine Haltung und sein Handeln den Grundstein für die deutsch-deutsche Wiedervereinigung: Michail Gorbatschow. 1988 wurde Gorbatschow Vorsitzender des Präsidiums des Obersten Sowjets und löste damit Andrei Gromyko als Staatspräsident ab. Am 7. Dezember 1988 hielt Michail Gorbatschow, Generalsekretär des Zentralkomitees der Kommunistischen Partei der Sowjetunion, eine Rede vor der 43. UN-Generalversammlung in New York, in der er einseitige Abrüstungsschritte in Aussicht stellte. Im selben Jahr distanzierte sich Gorbatschow dann von der Breschnew-Doktrin. Seine damalige Position wurde übrigens als Sinatra-Doktrin bekannt und ermöglichte es, dass die Länder des Warschauer Paktes ihre Staatsform fortan selbst bestimmen konnten. 1989 führte dann die gewonnene Freiheit der Länder des Warschauer Paktes zu einer Reihe überwiegend friedlicher Revolutionen in Osteuropa. Durch Glasnost (Offenheit) und Perestroika (Umgestaltung) setzte Gorbatschow gemeinsam mit seinem Wegbegleiter Eduard Schewardnadse dem Kalten Krieg ein Ende und machte den Weg frei für die deutsch-deutsche Wiedervereinigung. Die führenden Köpfe Michail Gorbatschow, Helmut Kohl, *der deutsche Vater der Wiedervereinigung,* als auch George H. W. Bush und François Mitterrand waren maßgeblich an der Umsetzung der Wiedervereinigung beteiligt. Michail Gorbatschow erhielt 1990 für sein Bestreben den Friedensnobelpreis. Na, Ronny, was sagst du? Über meine Geschichtskenntnisse staunst du, oder?"

„Eigenlob stinkt zwar, dennoch muss ich anerkennend zugeben, Jan, bei dir ist einiges hängen geblieben. Tatsächlich hast du mir einiges über die Teilung erzählt, das ich nicht aus den Geschichtsbüchern kannte. Hut ab!", zwinkerte Ronny Jan anerkennend zu.

„Danke, du bist so gut zu mir", antwortete Jan bescheiden.

„Doch zurück zum ehemaligen ersten Mann an der Spitze der DDR. Zum farblosen, schmallippigen Genossen Honi. Dieser war so unscheinbar wie seine geliebten, allezeit getragenen grauen Anzüge. Rückblickend muss ich sagen, hat dieser kleine Hutträger eine recht beachtliche Karriere hingelegt. Nach seiner Schulzeit fand unser Honi nicht gleich eine Ausbildungsstätte und kroch bei seinem Onkel unter. Dieser war selbstständiger Dachdecker. In seiner Firma sollte Klein Honi eine Lehre zum Dachdecker absolvieren. Jedoch hielt Honecker die Lehrzeit nicht durch. Honecker verfolgte seine eigenen Pläne. Er brach seine Lehre ab, als er vom KJVD zum Studium an die Internationale Lenin-Schule der kommunistischen Jugendinternationale nach Moskau delegiert wurde. Im Jahr 1930 trat Honecker der KPD bei. Weißt du, wer sein politischer Ziehvater war?"

Jan sah in Ronnys fragende Augen.

„Ronny, du brauchst nicht antworten, war eine rein rhetorische Frage."

Jan holte tief Luft, inhalierte einen tiefen Lungenzug von seiner Zigarette und nahm einen großen Schluck Berliner Pils aus seiner vor ihm stehenden Biertulpe. Mit gedankenverlorenem Gesichtsausdruck wischte er sich mit seinem rechten Handrücken den Schaum von seiner Oberlippe. Nahm sodann energiegeladen seine Fahrt durch die deutsch-deutsche Geschichte mit zunehmender Geschwindigkeit wieder auf.

„Sein politischer Ziehvater war Otto Niebergall, der später, im Jahr 1949, für die KPD im Bundestag Einzug hielt. Von 1930 bis 1931 besuchte Honecker also die Internationale Lenin-Schule in Moskau. Nach seiner Rückkehr wurde er Bezirksleiter des KJVD im Saargebiet. Ab 1933 war die Arbeit der KPD in Deutschland nur noch im Untergrund möglich. Das Saargebiet jedoch gehörte nicht zum Deutschen Reich. 1933 nahm Honi an der Internationalen Antifaschistischen Jugendkonferenz in Paris teil. Honecker wurde kurz in Deutschland inhaftiert, war jedoch bald wieder auf freiem Fuß. Er kam 1934 ins Saargebiet zurück und arbeitete mit Johannes Hoffmann an der Kampagne gegen die Wiederangliederung ans Deutsche Reich. Bei der Saarabstimmung am 13. Januar 1935 stimmten über neunzig Prozent der Wähler für eine Vereinigung mit Deutschland. Viele Tausende flüchteten damals zunächst nach Frankreich. Am 28. August 1935 reiste unser Erich unter dem Decknamen *Marten Tjaden* illegal nach Berlin. Er soll angeblich lediglich eine Druckerpresse in seinem spärlichen Gepäck gehabt haben. Vorstellen kann ich es mir." Jan fing bei der Vorstellung, wie Honecker sich mit einer Druckerpresse im Gepäck abschleppte, laut an zu lachen.

„Im Widerstand arbeitete er eng mit der KPD zusammen. Hier mit dem 1990 verstorbenen SPD-Politiker Herbert Wehner. Doch zurück zum Untergrund, zurück zu Honecker. Hier, im Untergrund, war Honecker für das Zentralkomitee des KJVD unterwegs."

„Für bitte was oder wen war er unterwegs? Du sprichst die ganze Zeit in Rätseln. Kannst du dich bitte so ausdrücken, dass auch ein Nichtinsider versteht, was du sagst? Was bitte bedeutet KJVD?" Ronny schaute Jan fragend an.

„Ja, klar, sorry. Er war für den Kommunistischen Jugendverband Deutschlands unterwegs. Diesen Jugendverband gibt es übrigens immer noch, oder vielmehr schon wieder. Am 27.

April 2002 wurde der Kommunistische Jugendverband in Tradition des Thälmann'schen KJVD's in Berlin wieder gegründet. Dieser Verband ist in der wieder gegründeten KPD-Ost oder KPD-Rote Fahne wieder aktiv."

„Jan, erzähl bitte weiter." Ronny unterbrach Jan neugierig.

„Wie gesagt, Honecker war im Untergrund dieser Organisation aktiv. Organisierte für diesen Verein illegale kommunistische Jugendarbeit im Ruhrgebiet, in Baden-Württemberg, in Hessen und der Pfalz. Er reiste in die Niederlande, in die Tschechoslowakei und in die Schweiz. Seine letzte Reise führte ihn nach Berlin, wo er die Aktivitäten des damaligen KJVD koordinierte. Am 4. Dezember 1935 wurde unser Genosse Erich Honecker von der Gestapo in Berlin verhaftet und saß zunächst bis 1937 im Berliner Gefängnis Moabit in Untersuchungshaft. Im Juni des Jahres 1937 wurde er durch den Volksgerichtshof zu zehn Jahren Zuchthaus wegen Vorbereitung zum Hochverrat verurteilt. Honecker verbüßte seine Haftstrafe im Zuchthaus Brandenburg-Görden. Im Frühjahr 1945 wurde er wegen guter Führung einem Arbeitskommando im Frauengefängnis Barnimstraße, Ortsteil Königsstadt, später Friedrichshain, in Berlin zugeteilt. Am 6. März 1945 gelang ihm während eines Bombenangriffs die Flucht. Er bekam freie Kost und Logis in der Wohnung einer Gefängnisaufseherin. Nach einigen Tagen meldete er sich – nach ihrem Appell an sein Gewissen – im Gefängnis zurück. Die Flucht konnte von der Frauengefängniswärterin und dem Bautruppführer gegenüber der Gestapo geheim gehalten werden. Honecker wurde nach Brandenburg zurückverlegt. Am 27. April 1945 befreite ihn die Rote Armee aus dem Zuchthaus Brandenburg-Görden. Honecker tauchte damals in Berlin unter. Uns, das Volk der DDR, führte er bezüglich seiner Biografie hinters Licht. Gegenüber der Öffentlichkeit, in seinen Lebenserinnerungen und in geführten Interviews schönte er eisern seine Vita. Ich würde sagen, er verfälschte rigoros das damalige Geschehen. Nun denn. Nach seiner Rückkehr gesellte sich Genosse Erich angeblich eher zufällig zur Gruppe Ulbricht, die der KPD angeschlossen war. Er soll von Hans Mahle mitten in Berlin aufgelesen worden sein. Dieser war bereits Mitglied in der Gruppe, die am 30. April im Flugzeug von Moskau aus ihre Arbeit gestartet hatte."

„Warte mal, bevor du weitererzählst. Was bitte verbirgt sich hinter der Gruppe Ulbricht? Du bist doch ein wandelndes Lexikon. Du kannst mir meine Frage bestimmt so beantworten, dass ich sie begreife."

„Klar kann ich! Die Gruppe Ulbricht bestand aus Funktionären der KPD und zehn antifaschistischen Kriegsgefangenen, die am 30. April 1945 aus der Sowjetunion nach Deutschland zurückkehrten. Die Gruppe wurde einst nach ihrem Gründungsvater Walter Ulbricht benannt."

„Wow! Danke."

„Immer wieder gerne. Schnell ernannte man Honecker zum Jugendsekretär des Zentralkomitees der Partei. Aus dieser Position baute er die antifaschistischen Jugendausschüsse auf, die am 26. Februar 1962 zur Freien Deutschen Jugend, kurz FDJ, unter seinem Vorsitz zusammengefasst wurden. Bis 1955 agierte Honecker als FDJ-Vorsitzender. Nach einer einjährigen Ausbildung, 1955 bis 1956, an der Moskauer Parteihochschule übernahm Honecker die Leitung des Militär- und Sicherheitsreferats im Zentralkomitee der SED. 1958 fand er als Vollmitglied Aufnahme ins Politbüro, dem er schon seit 1950 angehörte. Außerdem war er als Sekretär für Sicherheitsfragen im Zentralkomitee tätig. Hier soll der Schlüssel zum maßgeblichen politischen Einfluss Honeckers auf die Politikgestaltung in der DDR gelegen haben. Erich Honecker, gar nicht dumm, schmiedete sich aus seinen ehemaligen FDJ-Getreuen eine eigene Hausmacht. Schrittweise besetzte er alle bedeutenden

Posten seiner Jugendorganisation mit linientreuen Genossen. Er brachte diese in Schlüsselpositionen von Partei und Staat unter. Da er bereits Mitglied des Zentralkomitees der KPD war, trat Honecker infolge der Zwangsvereinigung von SPD und KPD zur Sozialistischen Einheitspartei Deutschlands, zur SED, im Jahre 1946 auch in den Vorstand der neuen Partei ein. Er musste lediglich neunundzwanzig zielstrebig ausgefüllte Jahre warten, bis er 1971 endlich sein anvisiertes Krönchen in Empfang nehmen konnte. Er wurde Erster Sekretär beziehungsweise Generalsekretär des Zentralkomitees der SED. Über achtzehn Jahre saß der kleine Erich als der mächtigste Politiker der DDR auf seinem Thron. Genau genommen hielt er vom 3. Mai 1971 bis zum 18. Oktober 1989 beharrlich das Zepter der Alleinherrschaft in seinen dürren Händen. Wobei … nicht ganz. Seine Frau hatte bei seinen Entscheidungen hier und da auch ein beträchtliches Wörtchen mitzureden. Doch darüber berichte ich dir später mehr. Zunächst erzähle ich dir etwas über unseren Honecker, wenn du magst."

„Sehr gerne. Deine Reise durch die Zeit der deutsch-deutschen Historie ist wahninnig spannend und unglaublich anschaulich. Habe ich noch eine Superlative vergessen? Keine Ahnung. Also, nur raus damit!" Ronny rückte sich seine Brille auf dem Nasenrücken erneut zurecht und machte es sich auf seinem Stuhl so bequem wie nur irgend möglich.

„Wie schon kurz angerissen, war Honecker vor dem Zweiten Weltkrieg hauptamtlicher Funktionär der KPD und wurde in der Zeit des Nationalsozialismus zu einer zehnjährigen Zuchthausstrafe verurteilt. Honecker begründete die Jugendorganisation FDJ und war von 1946 bis 1955 ihr Vorsitzender. Er war als Sicherheitssekretär des Zentralkomitees der SED maßgeblicher Organisator des Baus der Berliner Mauer und trug schon in dieser Funktion den Schießbefehl an der innerdeutschen

Grenze mit. Als langjähriger Generalsekretär des Zentralkomitees der SED, als Staatsratsvorsitzender der DDR sowie als Vorsitzender des Nationalen Verteidigungsrates führte und repräsentierte er die DDR in den 1970er- und 1980er-Jahren. Als einer seiner größten Erfolge gilt die Anerkennung der DDR als Vollmitglied der UNO 1973. Die Finanznot der DDR war gigantisch. Ende 1982, Anfang 1983 waren wir wirtschaftlich schwer in der Bredouille. Zinsen und Tilgung für unsere Westschulden schluckten nahezu unsere gesamten Exportgewinne von fünf bis sechs Milliarden D-Mark jährlich. Ohne Zufuhr von Devisen hätte uns damals der finanzielle Knockout gedroht. Wir wären komplett pleite gewesen. Doch unser Genosse Honecker hatte mehr Glück als Verstand. Er bekam 1983 eine unvorhergesehene Finanzspritze aus dem Freistaat Bayern. Der bayerische Ministerpräsident Franz Josef Strauß, für die Kommunisten und viele innenpolitische Widersacher die propagandistische Symbolfigur des Kalten Krieges und der Antikommunisten, überraschte doch tatsächlich seine politischen Gegner und seine Anhänger aus den eigenen Reihen während der Raketenkrise mit einer ungewöhnlichen deutschlandpolitischen Aktion. In Absprache mit dem Bundeskanzler fädelte er einen Milliardenkredit westlicher Privatbanken für die DDR ein und half mit seinem Deal dem maroden Staat, die drohende Zahlungsunfähigkeit abzuwenden. Laut einer Übereinkunft folgte 1984 ein weiterer Kredit, erneut in derselben Höhe. Der Deal besagte: *Minderung der Schikanen an der deutsch-deutschen Grenze. Abbau der Minen und Selbstschussanlagen an der Mauer und Wegfall des Zwangsumtauschs für Kinder und Jugendliche.*

Im September 1987 wurde Honecker dann durch den offiziellen Besuch der Bundesrepublik Deutschland und den Empfang durch euren damaligen Bundeskanzler, Helmut Kohl, in Bonn eine beachtliche Anerkennung zuteil. Ende der

1980er-Jahre wurde sowohl die wirtschaftliche als auch die innenpolitische Lage, unter anderem auch die brüderliche Beziehung zwischen unserem Regime und seinem großen Bruder, der Führungsmacht Sowjetunion, zusehends schwieriger. Am 18. Oktober 1989 wurde unser bereits schwer erkrankter Genosse Honecker auf Drängen des SED-Politbüros zum Rücktritt gezwungen. Freiwillig wäre unser Diktator wohl nicht von seinem Thron gestiegen und hätte niemals von seinem ‚Lampenladen‘ abgelassen. Ich weiß nicht, ob du dich erinnerst, 1992 wurde unser Honi in Berlin aufgrund seiner Verantwortung für die Menschenrechtsverletzungen innerhalb des DDR-Regimes vor Gericht gestellt. Wie du bestimmt weißt, wurde das Verfahren aufgrund seiner Krankheit eingestellt. Der Typ war jedoch unbelehrbar. Honecker war sich tatsächlich keiner Schuld bewusst.

‚Alles sei nur ein vorübergehender Aufstand, angezettelt von einer Bagage, die zu einer antikommunistischen Hexenjagd geblasen hätte‘, soll er gesagt haben. Die politische Wende erinnerte ihn offensichtlich an den verdeckten Klassenkampf während der Nazizeit. Er hatte wohl ein Déjà-vu-Erlebnis. 1933 ging unser Erich ja in den politischen Untergrund, um illegal für das Zentralkomitee des KJVD tätig zu werden. Nunmehr spielte unser betagter Diktator zum Zwecke der Sache erneut mit *geheimen* Abkürzungen und Decknamen. Seine Überlebensstrategie bestand im Wesentlichen im Verdrängen von Wahrheiten. Honecker flüchtete sich in einen imaginären Dschungel aus Verratslegenden und Verschwörungstheorien. Der Knaller kommt noch. Er hatte tatsächlich Glück. Die Anklage gegen ihn war sowohl aufgrund seiner Rolle als Staatschef des untergegangenen DDR-Staates als auch der damit zusammenhängenden sehr prekären Rechtslage umstritten. Was machte unser Erich? Genosse Honecker nutzte die Gunst der Stunde und machte sich schnell vom Acker. Raus aus Deutschland. Hatte

wohl Angst, dass ihn die deutschen Gerichte doch noch krallen und für seine kriminellen, menschenverachtenden Handlungen gegen uns zur Rechenschaft ziehen würden. Flog umgehend zu seiner Familie ins chilenische Exil, wo er im Mai 1994 an Leberkrebs starb. Margot Honecker soll seine Urne in ihrem Haus stehen haben. Kennst du eigentlich die unglaublich steile Karriere seiner Holden? Unserer damaligen Landesmutter?"

„Nein, nicht wirklich."

„Na, Ronny, dann zieh dich mal warm an. Margot Honecker war einst eine kleine Leuchte des Ostens. Geboren wurde sie als Margot Feist. Sie war die Tochter des Schuhmachers Gotthard Feist und der Matratzenfabrikarbeiterin Helene. Wurde im Glaucha-Viertel in Halle an der Saale geboren. Ihre Eltern gehörten der KPD an, für die sie sich auch später, nach 1933, illegal engagierten. Ihr Vater Gotthard Feist saß in den 1930er-Jahren im KZ Lichtenburg, im Zuchthaus Halle und von 1937 bis 1939 im KZ Buchenwald ein. Die Wohnung der Feists in der Torstraße sechsunddreißig in Halle war bis 1938 eine von drei Anlaufstellen sowohl für Kuriere als auch für Material der KPD-Abschnittsleitung Prag. Ihre Mutter, Helene Feist, starb 1940, als Margot dreizehn Jahre war. Margot Honecker besuchte die Volksschule. Sie war von 1938 bis 1945 Mitglied des Bundes Deutscher Mädel. Vor ihrer politischen Laufbahn war sie kaufmännische Angestellte. Später arbeitete sie als Telefonistin. Ihr Bruder Manfred Feist war Leiter der Abteilung für Auslandsinformation beim Zentralkomitee der SED. 1945 trat Margot Feist der KPD bei. Mit der Zwangsvereinigung von SPD und KPD wurde Margot Honecker, damals noch Feist, 1946 Mitglied der SED. Hier werkelte sie als Stenotypistin beim FDGB-Landesvorstand Sachsen-Anhalt. 1946 wurde sie ebenfalls Mitglied des Sekretariats des FDJ-Kreisvorstands Halle. Mit neunzehn Lenzen stieg sie 1947 zur Leiterin der Abteilung Kultur und Erziehung im FDJ-Landesvorstand auf. Wurde im Folgejahr, 1948, Sekretärin des Zentralrats der FDJ und letztlich die Vorsitzende der Pionierorganisation Ernst Thälmann. Im Jahr 1950, mit sage und schreibe zweiundzwanzig jungen Jahren, wurde sie die jüngste Abgeordnete der Volkskammer.

Am 1. Dezember 1952 wurde sie Mutter. Sie brachte ein gesundes Mädchen zur Welt. Die Kleine wurde auf den Namen Sonja getauft. Der Vater der Kleinen war unser Genosse Erich Honecker. Familienstand des Erzeugers zum Zeitpunkt der Geburt seiner Tochter: Verheiratet ... jedoch nicht mit Margot. Tja, Erich Honecker hatte sich offensichtlich in Margot Feist verliebt und sie außerehelich gevögelt. Honecker ließ sich aus gegebenem Anlass nach der Geburt seines Mädchens von seiner Ehefrau Edith Baumann scheiden und ehelichte die Mutter seiner Tochter, Margot Feist, im Jahre 1953. Nun stand dem großen dauerhaften Glück als auch dem gemeinsamen, kometenhaften Aufstieg der beiden in unserem Arbeiter-und-Bauern-Staat nichts und niemand mehr im Weg.

Nachdem Margot Honecker zunächst die Stellvertreterin des Ministers für Volksbildung, Alfred Lemmnitz, geworden war, wurde sie 1963 zur Ministerin *für Volksbildung* der DDR ernannt. Margot Honecker war maßgeblich am Gesetz über das einheitliche sozialistische Bildungssystem vom 25. Februar 1965 beteiligt. 1978 führte sie gegen allen Widerstand seitens der Kirchen und vieler Eltern tatsächlich den Wehrunterricht für Schüler der neunten und zehnten Klassen ein. Nach der friedlichen Revolution in der DDR wurden Strafanträge gegen Margot Honecker gestellt. Mit dem Vorwurf, sie habe in Fällen von Inhaftierungen politisch unliebsamer Andersdenkender oder auch möglicherweise bei versuchter Republikflucht, Staatshetze oder Staatsverleumdungen den Angeklagten und Verurteilten (beides war möglich) die leiblichen Kinder weggenommen. Sie habe diese armen Kinder herzlos gegen deren Willen und gegen den Willen ihrer ins Visier des Regimes geratenen Eltern von diesen getrennt. Sie habe eiskalt die Zwangsadoption dieser Kinder gegen deren Willen und gegen den Willen ihrer Eltern vornehmen lassen. Diese Zwangsmaßnahme diente letztlich wohl einzig dem Ziel, das Seelenleben dieser Familien zu zerstören. Sie war ein gezielter Schachzug seelischer Grausamkeit und psychischer Gewalt gegenüber den betroffenen Kindern und Eltern. Auch soll man beide Seiten über das Schicksal der Familienangehörigen völlig im Ungewissen gelassen haben. Man konnte den Eltern in der Vergangenheit seitens des Regimes kein Versagen hinsichtlich des Wohls ihrer Kinder nachweisen. Dennoch habe Margot Honecker es zugelassen, dass diese Kinder ihrem Elternhaus entrissen und seitens des Regimes eigenmächtig zur Adoption an Fremde weitergegeben wurden. Direkte Anweisungen von Margot Honecker an die Jugendhilfen ließen sich jedoch trotz aller Recherchen nicht nachweisen. Ich habe mal gehört, dass angeblich etwa siebentausend Zwangsadoptionen auf ihr Konto gehen sollen.

Ferner wurde seinerzeit bei uns hinter vorgehaltener Hand erzählt, dass angehende Eltern von Mehrlingen nach der erfolgreichen Entbindung im Krankenhaus dann und wann mit einem Kind weniger als ausgetragen nach Hause gekommen seien. Die eine oder andere Hebamme und der eine oder andere Geburtshelfer hätten den Eltern nach der erfolgreichen Entbindung ihrer Mehrlinge erklärt, dass eines ihrer Babys tot zur Welt gekommen sei. Man munkelte ferner in jenen Tagen, dass an der einen oder anderen Klinik ein gut florierender Neugeborenenhandel ins Leben gerufen worden sei. Funktionären, denen es selbst verwehrt geblieben war, eigene Kinder zu gebären oder zu zeugen, sollen gegen gutes Geld Babys, die angeblich tot zur Welt gekommen waren, übergeben worden sein. Auch sollen nach der Wende angeblich explizit diese Ärzte, Geburtshelfer, Schwestern und Hebammen – im vereinten Deutschland – in guten bis sehr guten Positionen untergekommen sein. Unbestraft und ungesühnt. Ob Margot Honecker in diesem gut florierenden Neugeborenenhandel ihre spitzen, knöchrigen Finger im Spiel hatte, gar von den illegalen Transaktionen gewusst hatte, weiß man nicht. Zuzutrauen wäre es ihr meiner Meinung nach durchaus. Meiner Ansicht nach war sie eine grausame, fanatische, kaltherzige, sadistische und machthungrige Frau.

Ich mag es gar nicht glauben. Ist jedoch leider wahr. Ich könnte gegen die Wand laufen! Diese Frau bekam tatsächlich zahlreiche Auszeichnungen für ihren Einsatz in unserem Vaterland. Und dies, obwohl sie knallhart und ungeheuer grausam gegen Gegner und Widersacher war. Unter anderem bekam sie folgende Orden: 1962 den Vaterländischen Verdienstorden in Gold. 1977 und 1987 den Karl-Marx-Orden. Am 18. Januar 1974 verlieh ihr die Adam-Mickiewicz-Universität in Poznan, Polen, dann doch tatsächlich die Ehrendoktorwürde. Unverschämt war das! Margot Honecker war laut dem Bundestagsvizepräsidenten Wolfgang Thierse neben dem Stasichef Mielke die meistgehasste Person des DDR-Regimes. In ihrer Funktion als Ministerin für Volksbildung wurde sie vereinzelt sehr zweideutig *Miss Bildung* genannt. Bei uns im Osten wurde sie wegen ihrer extravaganten Haartönungen als *blaue Eminenz*, als *blaues Wunder* oder auch als *lila Drache* verhöhnt. Was nur wenige von ihr wissen: Diese unverschämte Person hat doch glatt die Dreistigkeit besessen, einen Prozess gegen die Bundesrepublik Deutschland wegen ihres beschlagnahmten Vermögens in Höhe von umgerechnet bummeligen 60.000 Euro zu führen. Zum Glück hat sie diesen Prozess 1999 mit Pauken und Trompeten verloren."

Der Tag, an dem sich das Tor zur Welt öffnete ...

„Zurück zum Tag des Mauerfalls. In London war man überzeugt, dass die Wiedervereinigung nur noch mit sowjetischen Panzern aufzuhalten sei. Nach einer repräsentativen Meinungsumfrage in Frankreich erwarteten circa zwei Drittel der Franzosen keine negativen Auswirkungen bezüglich der deutschen Wiedervereinigung auf die Europäische Gemeinschaft. Aus Washington zitierte die Zeitung eine Äußerung des amerikanischen Präsidenten aus dem Frühjahr 1989 zur Wiedervereinigung: ‚I love it.‘ Von diesen Diskussionen unberührt, teilte am Morgen des 9. November 1989 die Mauer weiterhin Berlin. Sie war in der Öffentlichkeit längst zum Symbol für die Angst der SED vor der eigenen Bevölkerung geworden. Suggeriert wurde seitens der SED innerhalb ihrer Community natürlich immer noch etwas völlig anderes. Die Berliner Mauer war während der Teilung Deutschlands ein hermetisch abriegelndes Grenzbefestigungssystem der Deutschen Demokratischen Republik, das mehr als achtundzwanzig Jahre lang, vom 13. August 1961 bis zum 9. November 1989, bestand. Summa summarum: achtundzwanzig Jahre, zwei Monate und achtundzwanzig Tage.

Doch für all jene, die dies niemals für möglich gehalten hatten, entgegen allen düsteren Prophezeiungen, fand in der Nacht von Donnerstag, den 9. November auf Freitag, den 10. November 1989 nach über achtundzwanzig Jahren Gefangenschaft von über 16.675 Millionen Ostdeutschen das größte Ereignis der deutsch-deutschen Nachkriegsgeschichte statt: Für uns Ostdeutschen öffnete sich die Tür, was sage ich, es öffnete sich das Tor zur Welt. Wir waren frei! Über den Grenzübergang Bornholmer Straße kamen seinerzeit zwischen dreiundzwanzig Uhr dreißig und null Uhr fünfzehn schätzungsweise zwanzigtausend Menschen von Ostberlin nach Westberlin. Die Grenzposten waren damals von deren Vorturnern angehalten worden, alle Ausreisewilligen rauszulassen. Auf der Westseite wollen mehrere Augenzeugen ebenfalls ab dreiundzwanzig Uhr dreißig den zunehmenden Grenzverkehr nach Westberlin beobachtet haben. Als Heimkehrer von einem genehmigten Tagesaufenthalt in Westberlin zurückkommend, erzählte ein ehemaliger DDR-Bürger der Presse, dass er von den unbewaffneten Grenzsoldaten durchgewunken worden sei. Auf seine Bitte, ihm eine Zählkarte für die nächste Ausreise auszuhändigen, soll ihm der Grenzsoldat milde gesagt haben: *,Die werden Sie nicht mehr brauchen. Vertrauen Sie mir.'* Bis Mitternacht waren am 10. November 1989 alle Grenzübergänge im Berliner Stadtgebiet offen. Es passierte viel in dieser besagten Nacht! Auch die Grenzübergänge an der Westberliner Außengrenze sowie an der innerdeutschen Grenze wurden in dieser Nacht vom 9. auf den 10. November geöffnet. Bereits am späten Abend verfolgten viele Menschen im Fernsehen die Öffnung der Grenzübergänge. Nicht wenige machten sich selbst auf den Weg. Der große Ansturm setzte jedoch erst am Vormittag des 10. November 1989 ein. Und weißt du, was ich tat? Ich hatte meine frisch gewonnene Freiheit glattweg verschlafen – wie viele Tausend weitere ehemalige DDR-Bürger auch. Nichts hatte ich von dem Rummel mitgekriegt. Nichts von dem großen Spektakel, von dem Budenzauber und dem ganzen Remmidemmi. Die Bilder der Riesenfete habe ich mir später im Westfernsehen immer und immer wieder angesehen."

„Warum hast du Westfernsehen gesehen? Warum nicht einen eurer Sender? Waren die so scheiße?", fragte Ronny verständnislos.

„Du fragst mich allen Ernstes, ob unsere Sender scheiße waren? Du möchtest wissen, warum ich mir das Westfernsehen reinzog? Warum ich nicht mit unseren Sendern zufrieden war?

Du hast wirklich keine Ahnung vom niedergegangenen Osten!", schnaufte Jan echauffiert.

„Bei uns war die Senderanzahl mehr als überschaubar. Es gab bis zur Maueröffnung ganze zwei Fernsehsender. Staatlich kontrolliert! Soweit ich weiß, ist der zweite Sender sogar erst 1969, ich meine, am 3. Oktober des Jahres 1969 das erste Mal auf Sendung gegangen. Unsere Sender hatten übrigens die wohlklingenden Namen: DDR-F1 und DDR-F2. Tja. Eingängige Slogans kannten wir nicht. An dieser traurigen Wahrheit hat sich bis zum Untergang unseres Staates nichts geändert. Besonders toll war bei DDR-F1, dass auf diesem Kanal immer montags eine besondere Propagandasendung ausgestrahlt wurde. Der schwarze Kanal. Diese *tolle* Sendung war nichts anderes als eine reine Propagandasendung. Ganze 1.519 Hetzsendungen liefen gegen das BRD-Regime insgesamt über diesen Kanal. Mit einer einzigen Message: der faschistischen Hetze gegen das westliche Regime.

Macher der Sendung war der werte Saubermann Karl-Eduard von Schnitzler. Der böse, meiner Meinung nach völlig verblendete alte Mann hetzte in seiner Sendung gegen die Bundesrepublik, was das Zeug hielt. Doch gingen die Studiolampen aus, wanderte er in seiner Freizeit tatsächlich leichtfüßig durch die von ihm sooo verhasste BRD. Unter anderem war er übrigens, wie ich hörte, relativ oft in dem von ihm als diabolisch bezeichneten Westsektor Berlins anzutreffen. Stolzierte der Querulant doch tatsächlich hier wie ein Pfau über den Ku'damm. In Westberlin genoss das Lästermaul alle von ihm in seinen Sendungen als *Luzifers Spielwiese* angeprangerten Annehmlichkeiten. Böse Zungen verglichen ihn bei uns mit Goebbels. Ronny, ihr habt in der BRD bereits 1984 den Startschuss für die Privatsender gegeben. Von eurem gelebten Luxus *Servervielfalt* waren wir mehr als Lichtjahre entfernt.

Mensch, jetzt mal was ganz anderes: Kennst du die Treff-punkte der West- und Ostagenten? Kennst du die bekannten Agentenaustauschstätten?"

Ronny schaute Jan an, als hätte dieser nicht alle Latten am Zaun.

„Was willst du von mir?", fragte dieser Jan ungläubig.

„Ich will dich nicht veräppeln, Ronny. Meine Frage ist komplett ernst gemeint. Bei uns im Osten trafen sich diverse Agenten in Ostberlin in der Karl-Marx-Allee im ‚Café Moskau'. Bei euch im Westen war der Treffpunkt sowohl der Spione als auch der Schmugglerbanden und diverser anderer Größen aus den verschiedensten Genres in Westberlin, soweit ich gehört habe, das ‚Café Kranzler' am Ku'damm. Die von mir angespro-chenen Agentenaustauschaktionen fanden übrigens zwischen 1962 und 1986, zum Zeitpunkt des *Kalten Krieges*, auf der Glienicker Brücke statt. Soweit bekannt ist, wurden auf der Brücke drei Mal hochrangige Agenten und wer weiß wie viele kleine, unbedeutende Spitzel beider Militärlager gegeneinander ausgetauscht. Die Brücke lag zum Austausch der Spione na-hezu grandios. Für Zivilisten war die Brücke seit 1953 komplett gesperrt. Der Übergang war gänzlich unpassierbar. Die Brücke war prädestiniert für die geheimen Aktionen der Streitmächte. Der Überweg lag für die besonderen Zwecke der beteiligten Mächte USA und UdSSR, also von beiden Seiten Berlins, in guter Reichweite. Ferner hatte die Brücke zusätzlich zu seiner unschlagbaren Lage noch einen weiteren, nicht außer Acht zu lassenden Vorzug. Das komplette Umfeld konnte perfekt ab-geriegelt werden. Die nahe gelegene Villa Kampffmeyer diente übrigens dem KGB als Beobachtungsposten. So, nun aber weg von dem 007-Feeling und zurück zu *dem* Tag der deutsch-deutschen Geschichte."

Jan machte eine kurze Redepause, um sodann mit seiner melodischen dunklen Stimme fortzufahren.

„Ich Drömel! Wie gesagt hatte ich das größte Ereignis der deutschen Geschichte und den ganzen Budenzauber der Nacht doch glatt verpennt. Durch nichts und niemanden ließ ich mich in dieser Nacht aus meinem Traumwunderland vertreiben. Verschlief den Mauerfall. Auch David Hasselhoff habe ich verpennt. Dieser soll auf der Mauer gestanden und sein gerade erschienenes Lied *I've been looking for freedom* lautstark zum Besten gegeben haben. Die spätere Hymne der großen Wiedervereinigung. Ich persönlich glaube ja, von *diesem großen deutschen Tag* und auch von *diesem Lied* zehrt der Typ heute noch. Ach ja, *die deutsche Einheit*! Gefeiert wurde diese Riesensause auch noch am nächsten und am übernächsten Tag. Selbst weitere Monate später wurde vielerorts immer noch kräftig gefeiert, geknutscht, geknuddelt und gedrückt. Ronny, hast du damals die Bilder gesehen?" Jan wartete mal wieder die Antwort von Ronny nicht ab.

„Menschen aus Ost und West stürmten am 9. November 1989 zur Mauer der ehemals geteilten Stadt. Zur Mauer, die Eltern von ihren Kindern, Familien von ihren Familienangehörigen über Jahrzehnte gekonnt getrennt hatte. War diese Zusammenführung tatsächlich einem Versehen der SED geschuldet? Lag dem Mauerfall tatsächlich ein am frühen Abend des 9. November auf einer Pressekonferenz ausgesprochener Versprecher von Günter Schabowski zugrunde? Egal. Viele Legenden, Mythen und Anekdoten, mehr oder weniger skurril, spinnen sich um das Geschehen. Mir und vielen anderen war es schlichtweg schnurz! Für uns zählten nur die Fakten. Der Rest war uns komplett egal. Wichtig war und ist einzig die Realität. Fremde Menschen lagen sich im Freudentaumel des Ereignisses in den Armen. Männer, Frauen und Kinder weinten und schluchzten vor Freude. Freundschaften wurden geschlossen. Auf der einen Seite wurden Ehen beendet. Auf der anderen Seite wurde die Saat für neue Ehen gelegt. Nicht zu vergessen, es wurde gerammelt wie in einem gut gefüllten Kaninchenstall. Auf diesem Weg wurden diverse Kinder gezeugt.

Wow, es war eine verrückte Zeit! Ein Ruck ging durch ganz Deutschland. *Alle* wollten möglichst eng zusammenrücken. *Alle* freuten sich, das zusammenfand, was zusammengehörte. Endlich konnten Familien wieder ungehindert zueinanderfinden. Der Zusammenbruch der SED-Diktatur und damit die Auflösung der DDR war besiegelt! Gleichzeitig war der Weg zu der gesamtdeutschen Einheit frei. Die Fremdbestimmungen und die dauerhaften Gehirnwäschen waren nach achtundzwanzig Jahren Stasistaatsherrschaft definitiv und unweigerlich vorüber und vorbei. Der Stasistaat war im Arsch. Die Mauer wurde jedoch paradoxerweise auch nach dem 9. November 1989 weiterhin in unveränderter Intensität bewacht. Unkontrollierte Grenzübertritte von Ossis und Wessis durch den Mauerstreifen wurden anfänglich tatsächlich noch verhindert. Völlig bescheuert war auch, dass in den ersten Wochen der Maueröffnung die DDR-Grenztruppen die von den Mauerspechten geschlagenen Löcher wieder zukleisterten und ausbesserten. Die Idioten hatten wohl immer noch die stille Hoffnung, aus einem bösen Traum erwachen zu dürfen. Tja, da bleibt mir nur zu sagen: *Pech gehabt!*", gluckste Jan zufrieden.

„Zu unserem Glück, vielleicht auch zu unserem Unglück, ist vielleicht eine Frage des Blickwinkels, hatten die Hoffnungsträger und Befürworter des Fortbestands der Mauer zwischen der ehemaligen DDR und der BRD keine Chance. Die Abriegelungsmaßnahme zwischen dem Ost- und dem Westsektor war nicht mehr zu halten. Die Mauer fiel! Bereits für das Wochenende nach dem 9. November kündigte die DDR überraschend die Öffnung von zehn weiteren Übergängen an. An einigen geschichtlich besonders symbolträchtigen Orten wie dem

Potsdamer Platz, der Glienicker Brücke und auch der Bernauer Straße wurden Übergänge in die Freiheit geschlagen. Circa zwei Monate später, im Dezember 1989, folgte die Öffnung des Brandenburger Tors. An diesem historischen Übergang versammelten sich Menschenmengen, die auf diese Öffnung bereits sehnsüchtig gewartet hatten. Die jedes herausgehobene Mauerelement bejubelten und feierten. Westdeutsche durften erstmals am 24. Dezember 1989, pünktlich zum Heiligen Abend, ab null Uhr visafrei in die ehemalige Deutsche Demokratische Republik einreisen.

Man mag es kaum glauben, paradoxerweise waren bis zu diesem historischen Datum immer noch die alten Regelungen sowohl für die Visumpflicht als auch für den Mindestumtausch in Kraft. Ich konnte während dieser Zeit beobachten, wie die strenge Überwachung der Geschehnisse an der Mauer des Arbeiter-und-Bauern-Staats mit der Zeit mehr und mehr gelockert wurde. Das unkontrollierte Überschreiten der ehemaligen Grenzen durch die immer größer werdenden Löcher wurde zunehmend toleriert. Am 1. Juli 1990, dem Tag des Inkrafttretens der Währungsunion, wurden sowohl die sinnlosen Wachdienste an der Mauer als auch alle weiteren Grenzkontrollen endlich eingestellt. Am 13. Juni 1990 begann in der Bernauer Straße der offizielle Abriss der Mauer. Inoffiziell begann der Mauerabriss an der Bornholmer Straße wegen Bauarbeiten an der Eisenbahn. Ich habe am Fernseher geklebt und mitverfolgt, wie die Mauer sowohl von Soldaten der Bundeswehr als auch von ehemaligen DDR-Grenzsoldaten abgerissen wurde. Die armen Schweine waren mit 175 Lastwagen, 65 Kränen, 55 Baggern und 13 Planierraupen angerückt. Der Abriss der Mauer endete offiziell am 30. November 1990. Zum Glück und als ewiges Mahnmal hat man jedoch einige Reste der Mauer stehen lassen.

Große Ehre wurde der Mauer zuteil! Etliche Mauerstücke gingen auf Reisen. Teile der Mauersegmente befinden sich heute an den verschiedensten Orten der Welt. Mauerspechte machten sich zu der Zeit des Mauerabbaus an der gesamten Mauer breit. Die Mauerspechte hämmerten, dicht an dicht, Fragmente in ganz unterschiedlichen Größen als Erinnerungsstücke aus der Mauer heraus. Auch möglicherweise zum Weiterverkauf als Souvenir. Wie armselig! Damals wurde mit unserem Elend, unserer Gefangenschaft hinter der Mauer eine unglaubliche Geldmaschinerie in Gang gesetzt. Schau dir nur mal den Checkpoint Charlie an. Was ist da immer los! Nach wie vor ist die Touriflut ungebrochen. Nach wie vor lassen sich die Touris ungebremst mit falschen Wachsoldaten fotografieren. Nach wie vor steht das Mauermuseum am Checkpoint Charlie auf jeder Sightseeingtour unter den Top Ten. Auch hast du die Möglichkeit, die Freilichtgalerie zu besuchen. Natürlich gibt es hier Nippes und Andenken aus der Zeit unserer ehemaligen Knechtschaft satt!"

Plattenbauten, Traumwohnungen und mehr ...

„Ich hatte nach dem Mauerfall kein Interesse, aus meiner Wohnung auszuziehen. Das wäre nach dem ganzen Prozedere, diese zu bekommen, so gewesen, als wäre ich mit dem Klammerbeutel gepudert. Es war für mich damals gut so, wie es war. Ich war erst wenige Monate zuvor in meine Wohnung eingezogen. In eine schnuckelige Einraumwohnung, zweiundvierzig Quadratmeter, in einem Plattenbau der einst größten Trabantenstadt der ehemaligen DDR. Mit ausgezeichneter freier Sicht nach Süden, im achten Stock. Großer Balkon, separat eingerichtete Küche, sehr hell. Bei uns in der ehemaligen Deutschen Demokratischen Republik war es so gut wie unmöglich, eine Wohnung zu bekommen, wenn man keine legitime Bindung mit Brief und Siegel vorweisen konnte. Doch es geschahen noch Zeichen und Wunder, und ich bewohnte meine kleine Traumwohnung, ohne vorher geheiratet zu haben. Ich war durch meinen Umzug in eine *Bessere-Leute-Wohngegend* gekommen. Einzig den Beziehungen meines Chefs war es zu verdanken, dass ich diese Wohnung bekam. Bevor du fragst ... tief in den Arsch bin ich ihm nicht gekrochen, um die Wohnung zu bekommen. Ein wenig geschleimt habe ich ... vielleicht."

Jan blitzte Ronny spitzbübisch an. Dieser entgegnete jedoch nichts. Ließ sich nicht von Jan zu einer Äußerung hinreißen. Zeigte nur eine geringe bis gar keine Regung in seinem Gesicht.

Dann eben nicht, dachte sich Jan und erzählte unverdrossen weiter.

„Ich wohnte also damals in der ehemaligen Vorzeigesiedlung des realsozialistischen Wohnungsbaus, einer Plattenbausiedlung im Ostberliner Stadtbezirk Marzahn. 32.000 Quadratkilometer gekachelter Waschbeton. Ich war so glücklich! Bewohnte ich doch eine wahrlich schöne Neubauwohnung mit Fernheizung und doppelt verglasten Fenstern. Die Toilette war innerhalb der Wohnung. Zudem war alles frisch verlegt und eingebaut. Ich war so was von privilegiert! Marzahn war zu meiner Mietzeit ein relativ neuer, äußerst begehrter Stadtteil Ostberlins. Wohnungen gab es damals hier, wie schon berichtet, nur über Beziehungen. Du musst dir vorstellen, dass es zur Zeit der Ostzone innerhalb der DDR keine sozialen Brennpunkte gab. So etwas gab es in unserem Staat nicht! Es gab vereinzelt *Bessere-Leute-Wohngegenden*. Mehr nicht! Einen offenen Wohnungsmarkt mit Zeitungsannoncen, Wohnungsvermittlung durch Maklerbüros oder Wohnungsbörsen gab es in unserer DDR nicht. Je nach sozialer Stellung, ob verheiratet, Kinder, wenn ja, wie viele, wurde dir eine entsprechende Wohnung zugeteilt. Individuelle Wohnungswünsche konnten meist nur über einen zuvor vereinbarten Wohnungstausch realisiert werden. Vor allem für unverheiratete Erwachsene ohne Kinder wie mich war es sehr problematisch, überhaupt eine eigene Wohnung zu erhalten.

Ab Anfang der 1970er-Jahre wurde bei uns mit dem Plattenbau eine maximale Rationalisierung und Standardisierung des Wohnungsneubaus erreicht. Ach, warte, stimmt gar nicht, was ich dir sage. Es ging ja schon viel früher los. Ein erster Plattenversuchsbau entstand nämlich schon 1953 in Berlin-Johannisthal. Der Ausbau der Stadt Hoyerswerda wurde zu einem Experimentierfeld in diesem Bereich. Der industrielle Wohnungsbau in Plattenbauweise wurde 1957 erstmals in großem Umfang realisiert. Das Bauverfahren mit vorgefertigten Betonteilen erfolgte in Anlehnung an die Ideen der modernen Architektur, die schon im Bauhaus entstanden waren. Das 1972 begonnene staatliche Wohnungsbauprogramm hatte sich auf seine Fahne geschrieben, bis 1990 unseren Wohnraummangel zu beseitigen. Ein hochgestecktes Ziel. Ob unsere Parteigenossen die Umsetzung ihres Vorhabens geschafft hätten, wage ich zu bezweifeln. Letztlich wurde, um das Ziel zu erreichen, der Bau zahlreicher Betonsiedlungen und ganzer Stadtviertel in Plattenbauweise von unserer Regierung vorangetrieben. Die Jungs vom Bau kloppten ganz schön rein. Es sollen in dieser Zeit rund zwei Millionen Wohnungen neu gebaut worden sein.

Die Plattenbauwohnungen waren zur Zeit ihrer Entstehung bei uns heiß umworben. Die Wohnungen hatten im Gegensatz zu den Altbauwohnungen Komfort wie fließendes Warm- und Kaltwasser, Zentralheizung, Toilette und Badewanne innerhalb der Wohnungen zu bieten. Die Plattenbaumieten waren zwar etwas höher als andere Mieten, aber dennoch gering. Wohnungsmieten wurden bei uns in der ehemaligen DDR staatlich auf ein niedriges Niveau festgelegt. Wie gesagt, unser Bedarf an Wohnungen war immens hoch. Es zählte jede einzelne neue Wohnung. Auf Ansprüche wie architektonische Schönheit, auf Ästhetik und Design wurde aus diesem Grund vollständig verzichtet. Diese Attribute blieben bei den Zweckbauten komplett auf der Strecke.

Doch wie ich dir eingangs schon erzählte, wurde bei uns trotz des umfangreichen Wohnungsneubaus bis in die 1980er-Jahre keine wirklich entspannte Wohnungssituation erreicht. Einer der Hauptgründe war die grobe Vernachlässigung der Altbausubstanzen. Es gab endlos lange Wartezeiten bei Neubauwohnungen. Doch auch hier war nichts unmöglich, wie man ja auch an meinem Beispiel erkennen kann. Mit Vitamin B ging fast alles. Ganze Altbauviertel sollten damals abgerissen statt saniert werden. Sehr oft kam es bis zur Wende weder zum einen noch zum anderen. In unserer Hauptstadt Ostberlin ist in den 1980er-Jahren mit relativ aufwendigen Altbausanierungen begonnen worden. Fakt ist jedoch, dass die Altbausubstanzen der DDR bis zum Jahr 1989 zum größten

Teil bis zur Baufälligkeit heruntergewirtschaftet worden waren. Der Bedarf an Bauleistungen überstieg deutlich das in der DDR effektiv erbrachte Bauaufkommen. Ernst zu nehmende Schätzungen stuften im Jahr 1991 zwanzig Prozent unseres Gebäudebestands als *unrettbar* ein.

Was uns jedoch ganz klar deutlich vom gesamten Westen Europas unterschied, war die Tatsache, dass unsere Wohnviertel weniger nach Einkommensgruppen zusammengesetzt waren, als dies heute in vielen westlichen europäischen Ländern der Fall ist. Unsere Wohnviertel wiesen größtenteils eine hohe soziale Durchmischung auf. Angehörige verschiedener sozialer Schichten wohnten oft dicht beieinander. Allerdings muss ich zugeben, dass die Parteinomenklatura und die Mitarbeiter vieler Staatsorgane in bestimmten Wohngebieten durch die staatliche Wohnungszuteilung konzentriert wurden. Klar, unsere Promis hatten die eine oder andere bevorzugte Wohngegend. Wir Normalsterblichen konnten, selbst wenn wir wollten, nicht einmal ein eigenes Haus bauen. Viele von uns, nicht nur die reichen Bonzen, hatten den Wunsch nach einem Eigenheim. Lediglich in ganz engen, abgesteckten Grenzen wurde uns der Bau der eigenen vier Wände aufgrund der immensen Materialknappheit in unserem Land erlaubt. Es gab zum Häuslebau Vorschriften über Vorschriften, die es einzuhalten galt. Zum Beispiel Vorschriften hinsichtlich der zu verbauenden Menge an Steinen, sogar vorgeschriebene Haustypen in Abhängigkeit von der jeweiligen Familiengröße."

Ronny schaute Jan ungläubig an.

„Ronny, du glotzt mich so entsetzt an, als hättest du noch Fragen oder Anmerkungen. Raus damit!"

„Nein, nein, alles gut!" Ronnys Gesicht sprach jedoch Bände.

„Bei uns konnte nicht jeder bauen, wie er lustig war. Alles war streng geregelt. Doch auch bei uns änderten sich die Zeiten, und ab ungefähr Mitte der 1980er-Jahre erfuhr auch bei uns der Häuslebau angesichts des anhaltenden Wohnraummangels trotz staatlicher Bauprogramme und immens vieler Schwierigkeiten einen gewissen Aufschwung.

Ich bin Baujahr 1966. Am 26. August 1966 wurde ich in Ostberlin geboren. Ich lebte bis zu meinem Auszug im Sommer des Jahres 1989 bei meinen Eltern in Berlin-Friedrichshain. Hier bewohnte ich mit ihnen eine Dreiraumwohnung in der vierten Etage eines Hinterhauses. Fünfundsechzig Quadratmeter, Altbau für fünfundsechzig Ostmark Kaltmiete. Bei uns galt die Faustregel: eine Ostmark pro Quadratmeter kalt. Wohnungen waren, wie ich dir schon erzählt habe, in unserem Staat ein extrem knappes Gut. Bauliche Kriegsschäden sind seit dem Mauerbau oft nicht – und wenn doch, dann nur durch Flickwerk – behoben worden. Dieser Umstand führte ab den 1970er-Jahren zu einem enormen Verfall der ganzen Altbauten.

Bei uns in Ostdeutschland hat man im Gegensatz zu euch im Westen, gemessen an unserer Einwohnerzahl, knapp die Hälfte an Wohnungen gebaut, die bei euch gebaut wurden. Dabei entsprach unser geschaffener Wohnraum pro Kopf wiederum nur einem Drittel der in Westdeutschland erstellten Wohnflächen. Das mit Honeckers Amtsantritt begonnene und unter großem Aufwand vorangetriebene DDR-Wirtschaftswunderwohnungsbauprogramm feierte zwar im Oktober des Jahres 1988 die Fertigstellung der zweimillionsten Wohnung. Dennoch war der den Menschen zur Verfügung stehende Wohnungsmarkt viel zu knapp, gemessen an der Gesamteinwohnerzahl in der DDR. Mangelnde Reparaturen und die zahlreichen Schwierigkeiten, entsprechende Dienstleistungen zu bekommen, minderten die Wohnqualität und nicht zuletzt die Zufriedenheit mit der individuellen Wohnsituation.

Ich weiß noch, eine Bekannte von mir, verheiratet und ein Kind, bewohnte 1986 mit ihrer kleinen Familie eine kleine Zweiraumwohnung. Ganz romantisch, unter dem Dachjuchhe.

Keine Badewanne, keine Spültoilette. Ihre Körperwäsche mussten sie in einer Schüssel in der Küche erledigen. Zur Erledigung ihrer Geschäfte, groß und klein, mussten sie, egal zu welcher Tageszeit und egal bei welchem Wetter, aus ihrer Wohnung heraus- und auf den Hof gehen. Auf dem Hof stand ein kleines Holzhäuschen.“

Jan wurde von Ronny, bevor er seinen Satz zu Ende bringen konnte, unterbrochen.

„Du brauchst nicht weiterzuerzählen. Jetzt wird's eklig. Ich kann mir schon bildhaft vorstellen, wie der Toilettengang bei deiner Bekannten ausgesehen hat. Danke“, warf Ronny angeekelt ein. Jan entgegnete auf Ronny Einwand nichts, lächelte ihn lediglich spitzbübisch an und fuhr in seiner Erzählung fort.

„Wenn es regnete, hatte meine Bekannte immer Ärger. Es regnete durch ihre Schlafzimmerdecke durch. Tapfer fingen ihr Mann und sie das Regenwasser mit einem Eimer auf. Oft haben wir miteinander gesprochen, und sie erzählte mir von ihren Träumen. Sie träumte von einer ganz profanen Badewanne und einem Spülklosett. Ihr Mann und sie haben sich die Hacken wund gelaufen, um eine andere Wohnung zu bekommen. Letztlich vergebens. Ihnen wurden immer nur leere Versprechungen gemacht. Übrigens, beide arbeiteten in ehrenwerten Berufen. Sie als Annahmesekretärin, er als staatlicher Forstmitarbeiter.

Auch in unserer Wohnung, vielmehr in der Wohnung meiner Eltern, war vieles nicht optimal. Zum Beispiel die Fenster: Unsere Fenster waren in allen Zimmern zugig. Dieses bedeutete in letzter Konsequenz für uns: Wir hatten das ganze Jahr über ungewollte Frischluftversorgung. Öl- oder Gasheizung, sogar Fernwärme war unser Wunschtraum. In jedem Wohnraum unserer Wohnung stand ein großer Ofen. Beheizt wurden unsere drei Stuben nur nach Bedarf. Unsere Wohnung war trotz der hohen Decken relativ warm, wenn man von den Eiskristallen im Winter an den Fensterscheiben der nicht geheizten Räume einmal absah. Geheizt wurde ab Herbst mit Kohle oder Briketts. Ein Kohlenhändler lieferte uns mit seinem Dreiradauto die Eierkohlen an. Ich durfte schon von Kindesbeinen an die Kohlen zunächst in einem kleinen Eimer, später dann in einem rechteckigen Behälter, der auf meinen Rücken gesattelt wurde, in unsere Wohnung schleppen.

Warmwasser war zu meiner Kindheit nicht vorhanden. Mein Vater rüstete Jahre später, da mag ich schon sechzehn oder siebzehn Jahre alt gewesen sein, unsere Küche mit einem Boiler nach. Kein Fahrstuhl im Treppenhaus. Keine Toilette in der Wohnung. Unser kleines und großes Geschäft mussten wir auf einer Gemeinschaftstoilette eine halbe Treppe tiefer machen. Mit dem Etagennachbarn teilten wir uns das Klo. War manchmal schon ganz schön eklig, wenn der Nachbar vor dir auf der *Schüssel* gesessen hatte. Auch gab es lediglich ein einziges Gemeinschaftsbad für das gesamte Haus. Lange Zeit füllte meine Mutter uns die Wanne mit Eimern von heißem Wasser, das sie zuvor auf dem Gasherd in Kesseln gekocht hatte. Erst kurz vor meinem Auszug brachte unser Vermieter über der Wanne einen Elektroboiler zur Erwärmung des Wassers an. Ich will mich nicht beschweren. Im Gegensatz zu meiner Bekannten haben wir eine Luxuswohnung bewohnt. Tja, mein lieber Ronny, das war meine Kindheit."

Ronny guckte Jan misstrauisch an.

„Mensch, Jan, das kann ich mir nicht im Entferntesten vorstellen."

„Ronny, wenn ich es dir doch sage!", erwiderte Jan aufgebracht.

„Ich kenne solche Schilderungen nur aus den Alltagsgeschichten der frühen Jahre meiner Großeltern. Bei euch ist die Zeit wirklich stehen geblieben", konterte Ronny und zog seine Stirn kraus.

„Hm, sag ich doch die ganze Zeit. Wir lebten bis zum Mauerfall hinter dem Mond gleich links. Unser Mietshaus selbst war schwer angeschlagen. Komplett renovierungsbedürftig. Die mangelnde Instandhaltung alter Wohnungen war typisch bei uns im Osten. Die Vermieter hatten kein Geld für Baustoffe. Außerdem, selbst dann, wenn sie genug Geld gehabt hätten … es gab keine Bauarbeiter, die in der Lage gewesen wären, die maroden Häuser zu renovieren und zu sanieren. Wie gesagt, Wohnungen waren extrem knapp in der ehemaligen DDR. Vitamin B konnte bei der Wohnungssuche durchaus hilfreich sein und einen der mehr als begehrten Wohnberechtigungsscheine einbringen. So blieben viele Kinder bis weit nach ihrer Volljährigkeit zu Hause bei ihren Eltern wohnen oder wählten eine andere Variante zur Lösung ihres Wohnungsproblems: Sie heirateten schon in sehr frühen Lebensjahren und gründeten schnell eine Familie, um auf diesem Weg an eine der begehrten zugeteilten Wohnungen zu kommen. Weißt du, viele ehemalige Schulkameraden, einige Freunde und auch ein Teil meiner Familie, Onkel und Tante väterlicherseits, sind aus dem Ostteil Berlins nach der Maueröffnung geflohen. Alle konnten gar nicht weit genug von dem russisch besetzten Teil Berlins entfernt ein neues, ein besseres Zuhause finden. Nahmen sich Wohnungen in Bayern oder in Norddeutschland. Die armen Schweine ertrugen das Grau in Grau ihrer Vergangenheit nicht länger. Aber mal ehrlich, war es ihnen zu verdenken? Das Seelenleben meiner Tante und meines Onkels, der Schwester meines Vaters und ihres Mannes, hatte zur DDR-Hochzeit tiefe Narben davongetragen. Mein Onkel musste vor zwanzig Jahren für fünf Jahre im Ossi-Knast Bautzen II einsitzen.

Bautzen war unterteilt in zwei Gebäudekomplexe. Bautzen I wurde bei uns wegen der gelben Fassade *Gelbes Elend* genannt. Hier saßen vorwiegend mehrfach Vorbestrafte und Verurteilte, die wegen schwerer Delikte zu einer Langzeithaftstrafe verurteilt waren, ein.

Bautzen II war das Zuchthaus, in dem überwiegend Insassen aus politischen Gründen inhaftiert waren. Dort saßen Spione, Regimekritiker und Regimegegner aber auch Gefangene aus Westdeutschland ein. Angeblich hatte sich auch mein Onkel diesbezüglich etwas zuschulden kommen lassen. Er soll sich damals gegen das System aufgelehnt und Hetzparolen sowohl gegen Honecker und dessen Gleichgesinnte als auch unseren Regierungsapparat öffentlich geäußert haben.

Übrigens, aus Bautzen II – auch *Stasi-Knast* genannt – sind selbst für die DDR-Zeit unmenschliche Haftbedingungen dokumentiert worden. In diesem Hochsicherheitstrakt wurden viele Seelen zerstört. Bautzen II verfügte über 200 Haftplätze für seine Sondergefangenen. Viele der Haftentlassenen leiden bis heute unter ihren psychischen und physischen Schäden. Es wurde auch gemunkelt, dass Menschen während ihrer Haft ermordet wurden. Allerdings konnten den damaligen Betreibern und Justizangestellten keine Morde nachgewiesen werden. Mysteriös war jedoch, dass einige Gefangene unter immer noch ungeklärten Umständen in ihren Zellen verstarben. Auch sollen junge Männer wieder und wieder während ihrer Haft vergewaltigt worden sein. Mein Onkel hat mit uns übrigens nie über seine Haft und seine Erlebnisse in Bautzen II gesprochen. Nach der Haftentlassung meines Onkels wurde sowohl meinem Onkel als auch meiner Tante und dem gemeinsamen Sohn eine ganz besondere Ehre zuteil. Sie bekamen als besondere Anerkennung seitens unseres Regimes ein Rundumsorglos-Beschützerpaket. An sieben Tagen in der Woche, vierundzwanzig Stunden täglich. Bodyguards zum Nulltarif. Die drei mussten für dieses Vollservicepaket keinen Cent dazubezahlen. Die Vermutung lag bei uns allen nahe, dass die ganze buckelige Verwandtschaft, unser kompletter Familienklan, in den Fokus unserer feinen Regentschaft geraten war. Somit blieb der gesamten Familie nur wenig Platz für ein attraktives, abgeschottetes Privatleben. Unsere gesamte Familie entwickelte im Laufe der Jahre tatsächlich eine tiefe Paranoia. Wir vermuteten hinter jeder Ecke, hinter jedem entfernten Verwandten, Nachbarn, hinter jedem Schulkameraden, hinter jedem Kollegen, Bekannten und Fremden einen Spitzel. Wir denken, zu Recht!

Mein Onkel wiederum hatte großes Glück im Unglück. Nach seiner Haftentlassung durfte er – dank der *Gutmütigkeit* seitens unserer Obrigkeit – seine alte Tätigkeit als Schlosser in seinem alten VEB wieder aufnehmen. Sein Brigadeleiter hatte ihn offensichtlich in sein Herz geschlossen und ihm einen Platz im Betrieb frei gehalten. Auch war meine Tante nicht aus der gemeinsamen Wohnung vertrieben worden und durfte sogar den gemeinsamen Sohn behalten, ohne diesen durch eine Zwangsadoption zu verlieren. Also, im Großen und Ganzen: *Jackpot*!"

Spitzel, Stasi und Konsorten

„Hast du eigentlich eine Ahnung, wie riesig, wie straff organisiert der Stasiapparat überhaupt zu seinen Spitzenzeiten war? Diese kriminelle Vereinigung hatte nur ein Ziel: zu belauschen, auszuspähen und in dem Privatleben seiner Bürger herumzuschnüffeln. Stell dir mal vor: Mehr als 91.000 hauptamtliche und doppelt so viele – zu Spitzenzeiten sogar 200.000 – inoffizielle Mitarbeiter haben für den korrupten Stasihaufen spioniert. Das bedeutete de facto: Auf 55 erwachsene DDRler kam ein Voll- oder Teilzeit-Stasispitzel. Diese Drecksäcke pfuschten im Privatleben von Millionen DDR-Bürgern hemmungslos herum. Zerstörten berufliche oder private Hoffnungen. Zerstörten, ohne mit der Wimper zu zucken, ganze Familien. Brachten ferner im Laufe ihrer Regentschaft Zigtausende unangepasste Individuen mit psychischem Druck, gar Folter zum Reden und auch sehr erfolgreich zum Schweigen. Brachen den Willen der ins Visier geratenen Menschen und raubten ihnen ihre Seelen.

Ein klassischer Geheimdienst war dieser Apparat nie. Viel eher eine kriminelle Vereinigung mit tödlichen Methoden. Auf das Konto der Stasi gehen viele Morde und Mordanschläge. Übrigens sowohl bei uns im Osten Deutschlands als auch bei euch im Westen. Auch hinterließ die Stasi überall, wo sie tätig war, verbrannte Erde. Die Angst, für die eine oder andere Missetat nach Sibirien ins Strafgefangenenlager abkommandiert zu werden, war allgegenwärtig. Zugleich waren die legitimierten Handlanger der Stasi, die Vopos, allzeit zu allen Schandtaten und Gemeinheiten bereit.

Nicht umsonst flüchteten viele von uns vor den gigantischen Defiziten, Nöten und Ängsten Wochenende für Wochenende ins vermeintlich sichere Grüne. Viele zogen sich so bei jeder sich bietenden Gelegenheit in die eigenen vier Wände ihrer Datscha zurück. 2,6 Millionen Wochenendgrundstücke zählte unser Vaterland. Des Weiteren nicht weniger als sage und schreibe 855.000 Kleingärten. Die dichteste Gartengrundstücksansammlung weltweit. Wer das Pech hatte, in die Fänge einer der kriminellen Vereinigungen zu geraten, fing unter dem großen psychischen und physischen Druck an, wie ein Kanarienvogel zu singen. Angst um Leib und Seele, Angst um die Familie machte aus einem jeden ins Fadenkreuz Geratenen einen Verräter! So, genau so sah unser Alltag in der Deutschen Demokratischen Republik aus."

„Das ist ohne Frage grausam! Darüber brauchen wir gar nicht zu diskutieren! Menschenunwürdige Lebensbedingungen waren das bei euch!", echauffierte sich Ronny.

„Doch auch bei uns gab und gibt es immer wieder die eine oder andere Abhöraffäre und den einen oder anderen Übergriff. Klar, nicht in den Dimensionen, wie sie bei euch stattgefunden haben, doch auch wir waren und sind gläsern und werden immer gläserner. Denk nur an die Affäre Snowden. Auch die westlichen Geheimdienste sind gut unterwegs. Datenschutz, Persönlichkeitsrecht, was ist das?", gab Ronny aufgebracht zu bedenken.

„Ja, da hast du wohl recht. Auch ihr hattet beziehungsweise alle Bürger weltweit haben Lauschangriffe und Überwachungen über sich ergehen lassen müssen beziehungsweise müssen diese noch erdulden. Das will ich gar nicht sagen. Klar kann selbst der demokratische Rechtsstaat der westlichen Industrienationen seinen Bürgern keinen hundertprozentigen Schutz vor Übergriffen bieten. Doch im Westen wurden und werden die Menschenrechte eingehalten. Weitestgehend jedenfalls. Zum Beispiel gelten in Europa seit 1953 die Europäischen Menschenrechtskonventionen. Ich erinnere dich an den Artikel eins Absatz zwei des Grundgesetzes für die Bundesrepublik Deutschland. Dieser lautet: *Das deutsche Volk bekennt sich da-*

rum zu unverletzlichen und unveräußerlichen Menschenrechten als Grundlage jeder menschlichen Gemeinschaft, des Friedens und der Gerechtigkeit in der Welt.

Vom Einhalten der Menschenrechte waren wir in der DDR jedoch Lichtjahre entfernt. Aus dem Jahre 1968 stammte bei uns die sozialistische Verfassung. Diese nahm weit weniger Rücksicht auf die internationalen Menschenrechtsstandards. Rechte galten bei uns nur dann, wenn ihre Ausübung der Meinung der Partei entsprach, oder gar nicht. Stattdessen wurden außer dem Sozialismus auch das unwiderrufliche Bündnis mit der Sowjetunion und der zu leistende Wehrdienst in der Verfassung festgeschrieben. Unser korruptes SED-System perfektionierte sogar peu à peu seine totalen Kontrollen gegen uns, den Pöbel. Sah buchstäblich jede abweichende oder auch nur authentische Lebensäußerung als Angriff gegen sich und unseren Sozialismus. Die Funktionäre taten alles, um uns in Schach zu halten, wie ich dir ja auch schon an einigen Beispielen ganz eingängig beschrieben habe. Auch war die Politik der SED gegenüber uns Jugendlichen mehr als gespalten. Auf der einen Seite hielt die Volkspartei an ihrem selbstherrlichen Erziehungsanspruch fest, der sich durch alle Institutionen wie die Kinderkrippe, die Schulen, die Jungen Pioniere, die FDJ und auch alle weiteren Anstalten, Organisationen, Unternehmen und Behörden bis in die Diskotheken wie ein roter Faden zog. Auch dem schlechten westlichen Einfluss musste die SED entgegenwirken … so meinten es die Funktionäre zumindest. Dieses Kontra-Denken äußerte sich im Abschneiden langer Haare bei männlichen Jugendlichen, im Verbot von Jeanshosen, in der Ablehnung der Rockmusik, im Verbot aller westlichen Einflüsse. In den 1970er-Jahren wurde das vehemente Kontra-Denken ein wenig gelockert. Es folgten die Aufnahme einer eigenen Jeansproduktion, die widerwillige Zulassung von Rockbands und die flächendeckende Einrichtung von Jugendklubs unter Aufsicht der FDJ. Das Verhalten vieler Teenager war allerdings ebenso ambivalent wie das Verhalten der SED-Funktionäre. Bis Mitte der 1980er-Jahre verhielten wir Jungspunde uns weitgehend loyal gegenüber unserer Staatsmacht. Warum auch nicht? Wir sind ja in und mit diesem System aufgewachsen. Hatten nie etwas anderes kennengelernt. Du darfst nicht vergessen, wir kannten nichts anderes außer diesem Regime. Doch die wachsende Wirtschafts- und Versorgungskrise rüttelte so manchen von uns unsanft wach. Öffnete uns die Augen, und immer mehr von uns stellten Fragen. Es entwickelte sich bei vielen von uns eine immer größer werdende Skepsis hinsichtlich der angepriesenen revolutionären Überlegenheit unseres Regimes, mit der sie uns unablässig, gnadenlos vom Kleinkindalter an dauerbeschallten. Viele von uns erwachten aus ihrem Dornröschenschlaf. Wehrten sich gegen die staatlich verordnete Gehirnwäsche.

Ach ja, unsere gute alte Stasi. Wir hatten ja zum Glück aller Staatsangehörigen noch den Krakenarm der SED: das MfS. Das Ministerium für Staatssicherheit war kein klassisches Abwehr- und Aufklärungsorgan, wie man es sonst von anderen Ländern auf unserem Globus schon gehört hatte. Nein, nein. Weit gefehlt! Zur Pest kam bei uns auch noch die Cholera hinzu. Rechts- oder Unrechtsempfinden war diesem ganzen Haufen völlig fremd. Ging den Genossen auch völlig ab. Dieser Haufen hatte seine ganz eigenen Regeln und Gesetze. Das MfS war innenpolitisch vor allem ein Unterdrückungs- und Überwachungsinstrument der SED gegenüber der DDR-Bevölkerung, das alleinig dem Machterhalt diente. Dabei setzte das MfS skrupellose Mittel – Überwachung, Einschüchterung, Terror – zur Zersetzung sogenannter Oppositioneller und Regimekritiker, der sogenannten *feindlich-negativen Personen*, ein.

Die Auslandsaufklärung erfolgte durch die Hauptverwaltung der Brigade-Aufklärung des MfS. Ihre Kompetenzen gingen weit über die eines normalen Nachrichtendienstes hinaus. Im Gegensatz zu den Nachrichtendiensten in den westlichen Demokratien, in denen es eine strikte Gewaltenteilung zwischen Exekutive, Legislative und der richterlichen Gewalt gibt, hatte unser Ministerium für Staatssicherheit das Rundum-sorglos-Paket gebucht. Es hatte polizeiliche und staatsanwaltliche Befugnisse. Selbst die Überwachung und Verfolgung von Klanmitgliedern waren den Mitarbeitern dieser Behörde erlaubt, und zwar unter der Prämisse, sich für ihre abzuarbeitenden Vorgänge von ihren Vorturnern, ab Oberstleutnant und ranghöher, die Genehmigung zu holen. Tja, so schaute es seinerzeit vor der großen Wende im gut behüteten Staate Deutschland-Ost aus!"

Jan atmete tief durch.

„Ronny hast du schon einmal davon gehört, dass sich der DDR-Minister für Staatssicherheit, unser Erich Mielke, bevor er sich 1957 als unangefochtener Chef des ostdeutschen Geheimdienstes an die Spitze katapultierte, sich angeblich zunächst als junger Mann 1931 als Attentäter in Berlin bewährt haben soll?"

„Nein, woher? Glaubst du, dass an diesem Gerücht etwas Wahres dran sein könnte?" Ronny zog gierig an seiner Zigarette.

„Keine Ahnung. Ist jedoch sehr spekulativ", beantwortete Jan Ronnys Frage und fuhr mit seiner Hypothese, nachdem er ebenfalls einen tiefen Zug von seiner Zigarette genommen hatte, unbeirrt fort.

„Im Auftrag der KPD soll er zusammen mit einem Mittäter zwei Berliner Polizeioffiziere erschossen haben. Erst nach der Erledigung seines angeblichen Auftrags soll Mielke rasch an die Spitze der politischen Polizei der sowjetischen Besatzungszone und der DDR aufgestiegen sein. Was jedoch stimmt, ist, dass die Russen ihn fest im Griff hatten. In den Jahren 1950 und 1953 musste er zähneknirschend auf Druck der Sowjets anderen Genossen die Leitung des MfS überlassen. Nichtsdestotrotz war er als zweiter Mann an der Spitze von Anfang an der operative Kopf."

Versorgungslage vor der Wende

„Nach der Wende waren wir, die Ossis, die komplett auf Konsumentzug standen, mehr als hocherfreut über das plötzlich einsetzende reichhaltige Warenangebot an Südfrüchten und Gemüsesorten aller Art. Wir Ostdeutschen waren schwer begeistert. Gingen wir alle doch nun gerne einkaufen, da es jetzt alles gab. Keine Schlange bildete sich mehr an den Tresen in den Läden. Keine Menschenmengen mehr in den Geschäften. Quasi über Nacht waren die Geschäfte im Osten mit Westartikeln beliefert worden, und wir konnten uns mit dem nötigen Kleingeld in der Tasche alle materiellen Träume erfüllen. Doch auch unsere immateriellen Träume konnten endlich ausgelebt werden.

Andererseits waren wir, ganz ehrlich, entsetzt über die großen Preisunterschiede bei den Lebensmitteln. Selbst bei gleicher Sorte und Qualität. Der Schock ereilte viele von uns nach unseren Großeinkäufen an der Kasse. Wenn die Ossis nach guter alter DDR-Manier mal wieder gehamstert hatten – auf Neudeutsch: auf Vorrat geshoppt hatten – und uns die pflichtbewusste Kassiererin mit einem freundlichen Zahnpastalächeln nach unserem erfolgreich verrichteten Großeinkauf mitteilte, was wir zu bezahlen hatten, hofften nicht wenige von uns, durch eine Ohnmacht aus der nun folgenden Misere befreit zu werden. Ich weiß nicht, ob du dir die gerade beschriebene Situation tatsächlich vorstellen kannst. Diese komplett neue Lebenssituation, die sich uns nun bot, war für uns unbeschreiblich. Wir alle hatten plötzlich Zugang zum Paradies. Wir bekamen sogar einen eigenen Schlüssel zu einer Parzelle unseres Gartens Eden. Durften teilhaben an eurem Wirtschaftswunderland. Wir hatten Nachholbedürfnisse in allen Sparten. Du musst dir vorstellen, bei uns gab es lediglich HO-Läden,

Centrum-Warenhäuser und Konsum-Geschäfte. Na ja, dann gab es noch die Wojentorg-Geschäfte."

„Wie kann ich mir euer ehemaliges Handelssystem vorstellen?" Ronny war interessiert an mehr Informationen.

„Oha, jetzt wird es theoretisch, trocken und hoffentlich gut verständlich." Jan überlegte, wie er Ronny die ehemaligen Einkaufsquellen seines Landes einfach und verständlich erklären konnte.

„Also gut. Die HO- und Centrum-Geschäfte waren Handelsorganisationen. Die HO-Läden waren, juristisch gesehen, Volkseigentum. Waren staatlich geführte Einzelhandelsunternehmen. Die großen Centrum-Warenhäuser gab es in vielen Bezirksstädten unserer DDR. Centrum war eine Warenhauskette und Tochtergesellschaft der Handelsorganisation der DDR. Die Warenhäuser befanden sich in Ober- und Mittelzentren der DDR. Sie waren zumeist größer als die Kaufhäuser der Konsumgenossenschaft. Die Geschäfte und Warenhäuser der HO existierten neben denen der KONSUM-Kette. Die KONSUM-Geschäfte wurden genossenschaftlich geführt. KONSUM war die Marke der Konsumgenossenschaften in der ehemaligen DDR. Zu jedem Einkauf gab es nur für Mitglieder Rabattmarken. Diese wurden in ein KONSUM-Mitgliedsbuch geklebt und am Jahresende in den KONSUM-Geschäften zur Abrechnung vorgelegt, in Höhe des getätigten Jahresumsatzes gegengerechnet und ausgezahlt. Aufgrund dieser Rabattaktion gab es in vielen DDR-Haushalten ein KONSUM-Mitglied. Ich kann mich noch sehr gut daran erinnern, dass einmal im Jahr, meist kurz vor Abgabetermin, im elterlichen Haushalt ein Großkampftag im Markenkleben ausgerufen wurde. Da wurden Hunderte KONSUM-Marken, die sich im Laufe des Jahres angesammelt hatten, nach Wert sortiert und in das KONSUM-Mitgliedsbuch geklebt. Die einzelnen Genossenschaften betrieben Lebensmittelgeschäfte, Produktionsbetriebe und Gaststätten. Übrigens, was viele nicht wissen, auch bei euch in den westlichen Bundesländern gab es seinerzeit viele KONSUM-Geschäfte. Diese waren ebenfalls in der Konsumgenossenschaft organisiert. Sie gingen jedoch in den 1970er-Jahren größtenteils in der Coop AG, die ihren Hauptsitz in der Schweiz in Basel hat, auf.

Zurück zur ehemaligen DDR. Die KONSUM-Geschäfte waren, da sie genossenschaftlich geführt wurden, folglich keine Staatsbetriebe. Es wurde besonders in den Anfangsjahren der DDR von Regierungsseite versucht, die stattlichen HO-Läden zu bevorteilen. Die ganze Vetternwirtschaft blieb ohne große Folgen. Es etablierten sich zum anfänglichen Verdruss unserer Funktionäre beide Ketten parallel in unserer Alltagswelt. Eine Besonderheit war der HO-Spezialhandel. Das besagte Handelsorgan verkaufte sowohl hochwertige Waren als auch Importe oder Artikel aus Gestattungsproduktionen. Dieser Handel mit seiner besonders edlen Ladeneinrichtung stand lediglich einem besonders elitären Personenkreis zur Verfügung. Für die Belegschaft des Spezialhandels gab es indes interne, hochwertige Warenkontingente, auch *Dresdner Ware* genannt, die in erster Linie aus dem Nahrungsmittelbereich zu normalen Preisen (nicht Delikat-Preise) an sie abgegeben wurden. Der Spezialhandel, gar nicht blöd, belieferte auch die Speztorg-Läden, auch *Russenmagazine* genannt. Dieser fiese Name war zu Zeiten der DDR die umgangssprachliche Bezeichnung für die Filialgruppen der sowjetischen Streitkräfte in Deutschland, in denen die sowjetischen Streitkräfte in Ostdeutschland und auch deren Angehörige bevorzugt shoppen gingen.

Die Läden des Militärhandelsunternehmens „Wojentorg" befanden sich meist in Städten, in denen größere Heeresverbände der Russen stationiert waren. Man fand diese in der Nähe der Kasernengelände. Gnädigerweise öffnete der Russe seine Ladentüren auch für uns Ossis. Wir wurden als Kunden geduldet. Hier konnten wir Lebensmittel und Gebrauchsgüter, oft sowjetischer Herkunft, für DDR-Mark kaufen. Diese Läden waren vor allem unter uns Jugendlichen sehr beliebt, da wir in diesen Tabakwaren und Alkohol ohne Nachfrage erstehen konnten. Jan, willst du mal was Abgefahrenes hören?"

„Wie? *Was* Abgefahrenes hören? Alles, was du mir bis jetzt erzählt hast, fand ich außerordentlich abgefahren." Ronny nahm einen großen Schluck aus seinem Bierglas.

„Nun denn, dann habe ich meine Frage halt falsch formuliert. Möchtest du mal etwas Dubioses hören?" Jan war in seinem Fahrwasser.

„Na klar, immer raus damit!", gab Ronny zur Antwort.

„Das sogenannte *Russenmagazin* war Schauplatz einer weitverbreiteten modernen Sage in unserem Staat. Ein DDR-Ehepaar soll in einem solchen Geschäft einen großen handgeknüpften Teppich für Klimpergeld erworben haben. So ein handgeknüpfter Teppich war ein Gebrauchsgut, das es bei uns so gut wie nie im freien Handel zu kaufen gab. Zu Hause stellten die beiden beim Ausrollen ihres Teppichs erfreut fest, dass sich in der Mitte ein riesiges Leninporträt befand. Somit hatten die beiden für wenig Geld ein Unikat, eine Rarität erworben! Es ist überliefert, dass der ursprüngliche Besitzer, als er bemerkte, dass sein wertvoller Teppich vermutlich durch die Dummheit seines Angestellten seinen Besitzer gewechselt hat, vor Wut schwer geschäumt haben soll. In der Haut des Unglücksraben möchte ich nicht gesteckt haben, als der Vulkan ausbrach und sich das heiße Magma, die Lava, über ihn ergoss.

Übrigens, elektronische Kassensysteme gab es in diesen Läden bis Mitte der 1980er-Jahre nicht. Dein gesamter Einkauf wurde von dem Menschen an der Kasse in der Regel mit dem Stschoty zusammengerechnet."

„Du bist vielleicht ein komischer Vogel, wie kommst du jetzt von dem Schussel zu den Kassensystemen bei den Russen? Aber wenn du schon einmal dabei bist, was bitte ist ein Stschoty? Ich habe dieses Wort noch nie gehört." Ronny schaute bedeppert aus der Wäsche. Jan lachte.

„Der Stschoty ist eine russische Variante des Abakus", beantwortete Jan Ronnys Frage fachmännisch.

Ronny konnte sich ein Lachen nicht verkneifen.

„Du lachst, es ist jedoch wirklich gelebtes Leben", erwiderte Jan beleidigt.

„Hilfe, Jan, was für ein unglaublicher Kuddelmuddel! Statt elektronischer Kassensysteme gab es bei euch, wenn auch nur beim Russen, manuelle Rechenschieber. Statt der freien Marktwirtschaft mit all ihren Annehmlichkeiten, Risiken und Nebenwirkungen boomten bei euch die staatlichen Betriebe. Habt ihr da alle noch klar durchgeblickt?"

Ronny schlug seine Hände über dem Kopf zusammen.

Nun musste Jan lachen.

„Na klar! Bei uns gab es zwar diesen Klüngel innerhalb unserer staatlichen und genossenschaftsgeführten Warenhäuser. Doch bei uns war auch jedes Unternehmen klar und einheitlich strukturiert. Wie es so schön im neudeutschen Sprachgebrauch heißt: *Corporate Identity*.

Bei uns war der Donnerstag Warenanliefertag. An jedem Donnerstag wurden unsere Geschäfte, sowohl die KONSUM- als auch die staatlichen HO-Verkaufsstellen, die Delikat- und Exquisit-Läden, die Jugendmode-Bereiche und die Centrum-Warenhäuser, mit neuen Waren beliefert. Bei euch gab es von jeher die privaten Einzelhändler und später on top die privaten Handelsketten. Diese wurden schon immer jeden Tag mit frischer Ware beliefert. Ihr standet und seit November 1989 stehen wir alle gemeinsam im Dschungel der mannigfaltigen Warenhausketten und vielen Einzelunternehmen mit ihren ganz unterschiedlichen Auftritten und ihrer Angebotsvielfalt. Wir alle wissen, wer für welches Warenangebot steht.

Zum Beispiel Aldi, Lidl, sky, Karstadt, H+M, Ikea, Cloppenburg, dm, Deichmann, Depot, arko und wie sie alle heißen. Assoziieren mit den Namen sofort, ohne nachzudenken, das Warenangebot.

Das war bei uns nicht anders. Wie gerade erwähnt, hatten auch wir größere Geschäfte, Selbstbedienungsläden mit Grabbeltischen und so weiter. Wir hatten zum einen die genossenschaftlich geführte Warenhauskette KONSUM. Zum anderen trafst du in großen Städten auf die staatlichen Centrum-Warenhäuser. Diese waren Volkseigentum. In unseren Kaufhallen herrschte jedoch – anders als bei euch – ein regelrechter Mangel an Gütern. Oft waren diverse Regale in den Kaufhallen leer beziehungsweise nicht gut gefüllt. Doch die leeren Regale wurden von unseren Gebrauchswerbern gut dekoriert. Es würde getürkt und getrickst. Mangels Ware gerne mit Papierfigürchen oder Ähnlichem. Unsere Gebrauchswerber, deren Zunft ich auch angehörte, waren wahre Improvisationstalente.

Nichtsdestotrotz waren Grundnahrungsmittel bei uns keine Mangelware. Einen Wermutstropfen gab es jedoch. Die Auswahl unserer erschwinglichen Naturalien war äußerst überschaubar. Das Angebot an Obst und Gemüse bestand aus frischem heimischen saisonalen Grünfutter und Früchten oder war, auch beliebt, in Gläser und Konserven abgefüllt. Mit Beginn der Industrialisierung unserer Agrarwirtschaft spezialisierten sich 1968 die LPGs. Bevor du fragst: die Landwirtschaftlichen Produktionsgenossenschaften. Diese teilten sich in die Pflanzen- und in die Tierproduktion auf. Für die Tierhaltung entstanden riesige Mastanlagen, Ställe und große Produktionsstätten.

Um unseren Appetit auf Früchte zu decken, gab es Apfel-, Kirsch-, Birnen- und Erdbeerplantagen. Diese wurden durch die volkseigenen Landwirtschaftsbetriebe angelegt. Um nicht vom Wetter abhängig zu sein, wurde exorbitant viel Geld angefasst und in die Pflanzenproduktion investiert.

Überall in unserem Land, besonders in der Nähe von Kraftwerken und Industriebetrieben, boomten moderne und riesige Gewächshausanlagen aus Glas und Plaste."

„Sorry, Jan, ich muss schon wieder nachfragen. Was ist Plaste?" Ronny musste über seine Unwissenheit lachen.

„Kein Problem. Kunststoff hieß bei uns Plaste. Also, die in den Glas- und Kunststoffgewächshausanlagen gezogenen Gemüse konnten allerdings unseren Bedarf nicht decken. Dann gab es bei uns noch riesige Plantagen für Kartoffeln, Kohl- und Knollengemüse, Zwiebeln, Möhren, grüne Bohnen und Salat. Ach ja, wir hatten auch Spargelplantagen.

Die Ersatzzitrone der DDR war übrigens der Sanddorn. Zu DDR-Zeiten war der Sanddorn als Vitamin-C-Ersatz für teuer importierte Südfrüchte sehr beliebt. Der Not gehorchend griff man bei uns auf diese heimische, Vitamin-C-reiche Pflanze zurück. Der recht anspruchslose Sanddorn, der sandige, karge Böden und viel Licht bevorzugt, kam unserer Bevölkerung gerade recht. In unserem Arbeiter-und-Bauern-Staat entstanden riesige Anbauflächen, um uns mit der ‚Zitrone des Nordens', wie sie wegen ihres häufigen Vorkommens an der Ost- und Nordsee genannt wurde, zu versorgen.

Fleischmangel hatten wir allerdings nicht. Na ja, bei genauerer Betrachtung ist meine Aussage wohl etwas übertrieben. Wir hatten genug Schweine- und Geflügelfleisch durch unsere Massentierhaltung. Dieses Fleisch war bei uns ausreichend und erschwinglich zu erwerben. Doch beim Rindfleisch wurde es schon enger, und Kalb- und Lammfleisch gab es kaum auf dem freien Markt zu kaufen. Wenn, dann zu horrenden Preisen – somit war das Fleisch exquisit. Da komme ich gleich noch drauf zurück.

Auch hatten wir kaum Käse und Milchprodukte in den Regalen. Doch, man mag es kaum glauben, gab es bei uns trotz der kompletten Regelung unserer Obrigkeit auch in den

Lebensmittel herstellenden Handwerksbetrieben Bäcker und Schlachter, die auf eigene Rechnung arbeiteten. Allerdings waren diese den staatlichen Preisvorschriften unterworfen. Auch mussten diese armen Schweine erschwerte Bedingungen hinnehmen. Wer etwas Besonderes essen oder auch auf Vorrat kaufen wollte, war nicht selten auf gute Beziehungen zur Verkäuferin oder zum Verkäufer angewiesen. Hier denke ich an unsere sogenannte *Bückware.*"

„Was bitte schön ist *das* nun schon wieder?", fragte Ronny verwundert.

„*Bückware* hießen bei uns begehrte Artikel, die nicht in die Verkaufsregale einsortiert wurden, sondern vor den gierigen Blicken der Käufer versteckt unter den Ladentischen lagerten. Um diese unter dem Ladentresen hervorholen zu können, musste sich der Verkäufer halt bücken. Daher der Ausdruck *Bückware.*

Auch war unser erloschenes Land für bildungshungrige Leser ein sehr armes Land. Die wenigen Verlage, mit Ausnahme der SED-eigenen, die systemkonforme, politische Schriften verlegten, litten nicht nur unter der Zensur, sondern auch unter einem knapp bemessenen Papierkontingent. Bis ein zeitgemäßer Roman erschien, vergingen in der Regel drei Jahre. Der Import von Druck-Erzeugnissen aus dem Westen war komplett verboten. Viele Bücher wurden unter dem Ladentisch gehandelt. In den Bibliotheken gab es *Giftschränke* für verbotene Schriften. Mit Glück konnte man sich unter Freunden Bücher und Zeitschriften ausleihen.

Jeden Donnerstag, manchmal auch freitags konnten wir in den Zeitschriftenkiosken Zeitschriften käuflich erwerben. Sollte die Lieferung am Donnerstag ausgeblieben sein, bildeten sich freitags bei uns vor den Zeitschriftenverkaufsbuden lange Schlangen. In der Regel standen unsere Alten bis zu zwei Stunden in der Schlange an, um für ihre ganze Sippe Zeitschriften zu kaufen. An den übrigen Wochentagen beschränkte sich unser Zeitschriftensortiment auf die üblichen Tageszeitungen.

Wolltest du radeln, dich sportlich betätigen … unsere MIFA-Fahrräder waren problemlos zu bekommen. Doch Sporträder der Firma Diamant waren einzig über Wartelisten oder gute Kontakte zu erstehen. Waren, die aus dem verteufelten westlichen Ausland importiert werden mussten, waren besonders rar und daher exklusiv! Dazu zählten diverse Südfrüchte, zum Beispiel Apfelsinen, Ananas, Mandarinen, Clementinen, Kiwis. Ebenso guter Kaffee, Kakao und, bei den Frauen heiß begehrt, Nylonstrümpfe, Schokolade sowie Kosmetik.

Früchte wie Papayas, Mangos, Kiwis, Litschis, Avocados, Karambolen und so weiter kannte bei uns fast niemand. Und wenn, dann nur die Parteibonzen und deren Angehörige. Manche Lebensmittel, wie zum Beispiel Bananen, entwickelten sich bei uns im Laufe der Jahre zu Statussymbolen. Meine eben aufgezählten Genussmittel waren meist bloß Krankenhäusern, Kinderkrippen und den Funktionären zugänglich. An einen guten Schluck eines Edelgetränkes, zum Beispiel an ein gutes Bierchen wie das Radeberger Exportbier, gar mal an einen guten Wein, war für uns Normalsterbliche beinahe nicht heranzukommen. Dafür hatten wir ein umfangreiches Angebot an Zigaretten. Schmöken konnten wir! Die meisten der damaligen Marken wie f6, Club, Cabinet, Juwel, Karo und so weiter haben in Ostdeutschland immer noch oder auch schon wieder ihren festen Käufer- und Verbraucherkreis.

Tatsächlich habt ihr BRDler seinerzeit bei unseren Ostschönheiten mit euren Konsumgütern wie Nylonstrümpfen, Schallplatten, diversen Modezeitschriften, Schminkutensilien, Kaffee und wer weiß was noch alles ganz schön punkten können. Da hat so mancher Wessi auf einem seiner Beutezüge eine schicke Ostschnitte damit verführt. So auch dann und wann auf diesem Weg ein lebendiges Andenken in unserem Land gelassen.

Da hat so mancher Wessi uns Ossis ganz schön gehörig die Tour bei unseren heimischen Schönheiten versaut. Sowohl für ein paar Tafeln guter Schokolade, ein paar schicke Nylonstrümpfe als auch für so manche Schminke, Designerduftstoff und anderes, für uns nicht erreichbares Luxusgut hätte so manche unserer Ossi-Bräute so manche Nebenbuhlerin ausgeschaltet. Da wurden diverse Jeans über den Hintern seines Trägers aus dem Westen zu uns in den Osten geschmuggelt. Wrangler, Mustang, Levi-Strauss – und wie sie alle sonst noch heißen – waren bei uns mächtig gefragt. Originaljeans, der krasse Gegensatz zu unseren Cottino-Hosen, waren bei uns mächtig angesagt. Da segelte so mancher Schmuggler nach seinem erfolgreichen Handel in einem DDR-Zwirn über die Grenze zurück in seinen Heimathafen. Wie gesagt, durch eure Schmugglerwaren bekam die deutsch-deutsche Freundschaft eine ganz neue Bedeutung. Waren jedoch bei hoher Strafe verboten.

Nicht zu vergessen: der stark blühende Schwarzmarkt. Da knöpfte so mancher Insider für Interessierte der Schattenwirtschaft seinen Mantel auf. Unter diesem befand sich zum Beispiel Schokolade, Kosmetik, Seidenstrümpfe, Single-Schallplatten oder sonstige begehrte Westartikel. Getauscht wurde gegen diverse Zuwendungen, Zärtlichkeiten und Co. Manchmal auch gegen schnödes Bares. Hochwertige Waren wurden in speziellen Ladenketten zu horrend hohen Preisen angeboten. Exquisite Lebensmittel in sogenannten Delikat-Läden. Modische, hippe Klamotten vor allem in Exquisit-Läden. Baumärkte oder Ähnliches gab es bei uns nicht. Der Vertrieb von Baumaterialien lief eher über Beziehungen und unter der Hand ab. Ein Hausbau scheiterte meistens weniger am Kaufpreis des Grundstücks als vielmehr an der Verfügbarkeit des Baumaterials. Elektronik und Medientechnik waren einzig in speziellen RFT-Geschäften erhältlich. Was gab es noch?" Jan reflektierte kurz sein Gesagtes.

„Ach ja, auf unseren Transitstrecken hatten wir noch unsere Intershops. In diesen konnten Mann und Frau ab 1962 Waren aus einem mannigfaltigen Sortiment aus dem nicht sozialistischen Wirtschaftsgebiet, sprich aus dem Westen, gegen harte Devisen, zum Beispiel Westmark, zollfrei einkaufen. Für euch Wessis waren die Intershops wahre Einkaufsparadiese. Ihr konntet während eures zollfreien Einkaufs so richtig eure *Geiz-ist-geil-Mentalität* ausleben. Nicht wenige haben wie blöd geramscht. Vor allem Zigaretten und Alkohol waren für eure Verhältnisse extrem billig. Hier konnte der BRDler für seine blauen Fliesen viel …"

„Blaue was? Mensch, Jan, sprich Deutsch mit mir!" Ronny zog gierig an seiner Zigarette und sah Jan dabei schelmisch aus seinen wasserblauen Augen an.

„Sorry, blaue Fliesen hießen bei uns eure blauen Hundertmarkscheine", beantwortete Jan Ronnys Frage und fuhr ohne Umschweife mit seinem Geschichtsunterricht fort.

„Also, was ich sagen wollte, bevor du mich unterbrochen hast, ihr Wessis konntet für eure Währung bei uns aufs Extremste günstig einkaufen. Auch konntet ihr in den Mitropas, den Lokalen in den Intershops, die nach dem Karo-einfach-Prinzip gestrickt und gezimmert waren, sehr billig und sehr gut essen. In der ehemaligen DDR gab es kein Zweiklassensystem, nein, nein, es gab ein Dreiklassensystem. Es gab die Wessis, die Wessis und zu guter Letzt uns, die Ostdeutschen. Was haben wir euch um eure Freiheit, um euren vermeintlichen Reichtum und um eure bunten DM-Scheine beneidet!", geriet Jan ins Schwärmen.

„Du, da täuschst du dich aber. Auch bei uns war längst nicht alles Gold, was glänzte. Bei uns in der BRD war auch vor der Maueröffnung längst nicht jeder gut situiert oder gar reich. Bei uns konnte sich auch nicht jeder alles leisten. Es gab zwar alles zu kaufen, doch ins Geschäft gehen und sich kaufen, was man wollte, konnten von jeher nur einige wenige. Die meisten mussten sich damals, ebenso wie ihr, auch viele Konsum- und Luxusgüter zusammensparen oder darauf verzichten und vor den Schaufenstern schmachten und sich ihre Nasen an den Schaufensterscheiben platt drücken", gab Ronny Jan zu bedenken.

„Ja. Das haben wir dann ja nach der Wende auch mitbekommen. Doch nun stell dir mal unsere ausgetrocknete und verdorrte Bevölkerung vor. Ausgezehrte Menschen. Der eine oder andere verfügte über ausreichend Kaufkraft und war extrem kaufwillig, jedoch mangels Auslagen in den Geschäften komplett blockiert. Dann plötzlich, quasi über Nacht, konnten wir dem Konsum frönen. Konnten auch wir uns zum Beispiel Autos, von denen wir zuvor ein Leben lang geträumt haben – VW, BMW, Mercedes, Audi und wie die Nobelkarossen sonst noch alle heißen – bei dem Händler unserer Wahl sofort gegen Bares oder auch auf Kredit mitnehmen. Dieses Kaufverhalten war für uns in unserer ehemaligen DDR undenkbar. Auf unseren Plastikbomber, unsere Gehhilfe, unseren Hostalenbomber oder – *wie man in meinen Kinder- und Jugendtagen zu sagen pflegte – auf den Leukoplastbomber* und auch auf den kompakten Wartburg musste man in unserer ehemaligen Republik in der Regel zwischen zwölf und fünfzehn Jahren warten und sparen. Ein Trabant 601 kostete circa 8.900 DDR-Mark. Ein Wartburg 353, formschön und zuverlässig, kostete sogar 23.000 DDR-Mark. Apropos, dieses technische Wunderwerk wurde in Eisenach gebaut."

„Und? Was soll mir das jetzt sagen?" Ronny zog fragend seine linke Augenbraue hoch.

„Ehrlich? Keine Ahnung. Wollte ich bloß loswerden."

Jan lachte und klopfte sich amüsiert auf seinen rechten Oberschenkel. Er nahm einen genüsslichen Schluck aus seinem Bierglas, inhalierte einen Zug seiner Zigarette und fuhr keine Minute später schon wieder mit seinem Monolog fort.

„Unsere Funktionäre und unsere Privilegierten fuhren übrigens keine ordinären Volksautos. Diese saßen am Steuer eines Moskwitsch."

„Was ist das für ein Modell? Habe ich noch nie gehört." Ronny hatte mehr als ein Fragezeichen in seinem Gesicht.

„Kennst du nicht?" Jan schaute ihn verwundert an.

„War ein sowjetisches Modell. Falls es dich interessiert, Honecker fuhr – beziehungsweise der Hallodri ließ fahren – ein schwedisches Auto! Einen Volvo. Selbstverständlich, wie es sich für einen Bonzen gehört, eine Sonderanfertigung.

Elektromärkte wie Expert, Electronic Partner, Saturn, Media Markt, MEDIMAX und Co. waren uns völlig fremd. Diese Geschäfte waren für uns nach dem Mauerfall eine völlig neue Einkaufserfahrung. Dem Himmel sei Dank! Diese Warenhausketten waren für uns eine der lang ersehnten Eintrittspforten ins Paradies. Plötzlich konnten wir uns in den vielen Läden die gewünschten Elektroartikel entweder sofort mitnehmen oder binnen weniger Tage liefern lassen. Bei uns sah der Einkauf von Elektroartikeln zur DDR-Zeit folgendermaßen aus: ‚Braune' und ‚weiße' Güter waren für unsere Regierung politisch nicht essenziell, wurden somit als Luxusgüter eingestuft und hatten ihren für viele von uns nicht erschwinglichen Preis. Ein Beispiel: Eine Waschmaschine kostete bei uns, wenn ich mich recht erinnere, 2.700 Ostmark. Diese Summe entsprach etwa vier durchschnittlichen Monatslöhnen."

Ronny atmete laut ein und wieder aus. Er war von dem bisher Berichteten geplättet.

„Wir mussten daher lange sparen, um uns das eine oder andere ‚braune' Teil, ebenso wie das ‚weiße' Teil kaufen zu können. Radios, Kassettenrekorder, Stereoanlagen und Fernsehgeräte, Kühlschränke, Waschmaschinen stammten in der Regel aus unserer hauseigenen Produktion von RFT. Wettbewerb? Komplette Fehlanzeige! Es wurde gekauft, was es gab.

Die Produktion der Computertechnik zum Beispiel erfolgte in den Kombinaten Robotron und Mikroelektronik Erfurt. Ab Mitte der 1980er-Jahre wurden neben professionellen Computern auch Konsumgüter wie der Homecomputer Robotron KC 87 produziert. Doch einen Wermutstropfen hatte diese Produktion: Bis zum Untergang unseres Staates wurden diese Geräte lediglich in ganz kleinen Stückzahlen produziert. Wir waren bei allem vorsintflutlich. Kannst du dir vorstellen, dass 1989 lediglich 24,6 Prozent der Menschen in Ostdeutschland einen Telefonanschluss hatten? Und, jetzt kommt's, von den mageren 24,6 Prozent erhielten die Ärzte, die einen Antrag stellten, bevorzugt einen privaten Telefonanschluss. Zu einer Zeit, als man bei euch im Westen schon mit dem einen oder anderen Handy experimentierte! Kannst du dir *das* vorstellen?"

Ronny war echt entsetzt.

„Ehrliche Antwort? Nein, kann ich mir nicht im Entferntesten vorstellen. Das von dir bisher Geschilderte übersteigt meine Vorstellungskraft um ein Vielfaches."

Wer hat, der hat …

„Tja, wie ich dir schon erzählt habe, gab es bei uns wenig bis nichts. Bei uns in der ehemaligen Deutschen Demokratischen Republik wurden unser Einkaufsverhalten und unsere Ernährung vor allem durch die staatlich rationierten Waren des täglichen Grundbedarfs gesteuert. Im Osten wurde gekauft, was es gab. Punkt. Unglaublich lange Schlangen bildeten sich zum Beispiel in den HO-Läden, wenn es dann und wann etwas Besonderes zum Einkaufen gab. Klar konnten wir uns auch satt essen. Verhungern musste bei uns keiner! Auch konnten wir uns vernünftig und vor allem zweckmäßig kleiden. Hatten des Weiteren Produkte wie Zahnpasta oder Toilettenpapier ausreichend zur Verfügung. Dies zu äußerst stabilen Preisen. Grundnahrungsmittel, Kartoffeln, Brot, Fleisch, Butter, Milch, heimisches Gemüse waren in unserem Land relativ billig. Doch Bananen waren, wie schon erwähnt, Raritäten. Orangen gab es nur dann und wann. Letztlich waren es jedoch nur Kuba-Orangen. Zum Schälen und Essen völlig ungeeignet. Als Saftorangen zum Pressen waren diese einst in Kuba angebaut worden.

Richtig guter Bohnenkaffee war ebenfalls eine große Rarität. Doch wir Ostdeutschen schlürften uns mehr oder weniger murrend und knurrend durch so manche Plörre. Zeitweise gab es bei uns Mitte bis Ende der 1970er-Jahre sogar nur einen Kaffee-Mix zu kaufen. Diesem wurde wirklich, ungelogen, Erbsenmehl beigemischt. Die weltweite Kaffeekrise führte 1977 zu einer Versorgungskrise bei *dem* DDR-Nationalgetränk. Als die SED-Führung mit Silber-Mix und Gold-Mix ein Surrogat aus fünfzig Prozent Bohnenkaffee, Malzkaffee, Zichorie und Spelzen als Streckmittel in die Schaufenster stellen ließ, stand unser Land kurz vor einem Volksaufstand. Wer hier nicht Verwandte im Westen hatte, war ganz schön in den Arsch gekniffen. Ich will dir gar nicht sagen, wie diese Plörre geschmeckt hat. Auch bissen wir uns heldenhaft durch so manch verdorbene Frucht. Wir DDRler waren hart im Nehmen. Unsere Mägen wurden im Laufe der Zeit resistent gegen Pestizide, Schimmelpilz und wer weiß gegen was noch. Die einstige DDR lebte weit über ihre sowieso bescheidenen Verhältnisse und konnte ihre uns versprochenen Leistungen letztlich nur noch unter der rücksichtslosen Verschwendung ihrer gesamten Ressourcen erbringen. Bei euch im Westen jedoch gab es nichts, was es nicht gab. Ihr habt schon immer im Überfluss gelebt!"

Ronny runzelte verdutzt die Stirn.

Hörte er hier einen negativen, neidischen Unterton?

Jan bemerkte Ronnys Mimik.

„Ich bin nicht verbittert, Ronny, ich stelle lediglich fest. Euch ging es immer gut. Bei euch gab es keine Schlangen an den Kassen beziehungsweise in den Läden. Es gab bei euch im Westen von jeher von allem mehr, als Mann, Frau und Maus kaufen konnten. Der Westen Deutschlands hatte sich nach 1961 step by step wahrlich zu einem Schlaraffenland für jeden Konsumenten entwickelt. Vor allem in unseren täglichen Arbeitsprozessen kam der Widerspruch zwischen Schein und Sein, zwischen Anspruch und Wirklichkeit, zwischen ständig propagierter Überlegenheit der zentralen Planwirtschaft und der tagtäglich erfahrenen Realität der Arbeitenden in den Betrieben zum Ausdruck. Anfang der 1980er-Jahre gelang es den meisten unserer Werksleitungen nicht mal mehr, ihre Belegschaft kontinuierlich mit Rohstoffen, Material und Ersatzteilen zu versorgen. Erschwerend kam hinzu, dass bereits zu diesem Zeitpunkt fast zwei Drittel der verwendeten Maschinen längst verschlissen waren. Diese hätten eigentlich schon lange verschrottet und durch neue Maschinen mit besserer Technik ersetzt werden müssen. Insofern fiel es unseren Arbeitsbrigaden zunehmend schwerer, ihre in Auftrag gegebene Produktion aufrechtzuerhalten. Wieder und wieder gab es Schwierigkeiten, die Produktionen trotz aller Manpower fortzuführen. Trotz aller Bemühungen der Schlosser und Elektriker war dies ein utopisches Unterfangen. War ein Kampf Don Quichottes gegen die riesigen Windmühlen. Die Produktionen wie gefordert noch zu erhöhen, um den stetig steigenden Schuldenberg des DDR-Staates in den 1980er-Jahren zu verringern und ihr nicht geringes Plansoll zu erfüllen, war unter diesen Gegebenheiten ein abwegiges Manöver.

Was wir übrigens in all unseren Betrieben hatten, war eine nette Porträtausstellung unserer besten Mitarbeiter im sozialistischen Wettbewerb! Bei uns hießen die ständig wechselnden Porträtsammlungen im Auffanglager des Panoptikumklubs übrigens *Straße der Besten*. Wenn wir auch wenig bis nichts hatten, eine ständig wechselnde Bildergalerie unserer besten Pferde in den Ställen der Betriebe hatten wir.

Ach, wo ich gerade beim Thema bin … Die Besten! Ich bin einst auch ein ganz guter Mitarbeiter gewesen! Damals, ich bin gelernter Gebrauchswerber. Sagte ich das eigentlich schon mal? Na ja, egal. Doppelt hält besser. Gebrauchswerber, so hießen bei uns die Schaufenstergestalter oder auch Dekorateure oder auch auf Neudeutsch: Gestalter für visuelles Marketing. Ich hatte in *meinem* Centrum-Warenhaus am Alex eine Lehre zum Gebrauchswerber absolviert und meinen Abschluss mit der Note ‚sehr gut‘ bestanden. Tatsächlich bin ich nach meiner Ausbildung in *meinem* Warenhaus geblieben. Einzig zur Ableistung meines Wehrdienstes, achtzehn Monate Grundwehrzeit in unserer Volksarmee, legte ich einmalig eine Berufspause ein. Mein Brigadeleiter hielt mir mein Plätzchen frei. Drei Etagen zuzüglich einer riesigen Schaufensterfront gehörten zu dem Aufgabenbereich meiner fünf Kollegen und mir. Auf diesen Flächen schalteten und walteten wir. Auf der gesamten Fläche, die für das Auge sichtbar war. Wir hatten verhältnismäßig viel zu tun. Im Volksmund nannte man uns auch *Pinseljonnies*, da der Pinsel und die Feder unsere wichtigsten Werkzeuge waren."

„Gut, dass du mal Luft holst. Übrigens, ich meine mich zu erinnern, dass du tatsächlich bereits deinen Lehrberuf erwähntest. Doch was genau war nun deine Tätigkeit?" Ronny konnte sich unter der Berufsbezeichnung Gebrauchswerber so gar nichts vorstellen.

„Meine fünf Kollegen und ich, wir gestalteten die Auslagen. Wir waren für die komplette Ladeneinrichtung zuständig. Zum Beispiel für die Auslagen in den Vitrinen. Wir dekorierten des Weiteren regelmäßig die Schaufenster. Na ja, um bei der Wahrheit zu bleiben, dekorieren ist vielleicht ein wenig übertrieben. Wir beklebten die Schaufenster meistens mangels Ware mit standardisierten Botschaften. Stellten Preisschilder her. Füllten leere Regale mit Dekorativem, um so den Mangel an Waren zu vertuschen. Wir waren wahre Improvisationstalente. Der eine mehr, der andere weniger. Mir brachte meine Arbeit Spaß. Wir konnten uns wie gesagt über Arbeitsmangel nicht beklagen. Es war ein guter und – im Nachhinein betrachtet – auch ein bequemer Job. Soweit ich das beurteilen kann, war ich gleichermaßen beliebt bei Vorgesetzten und Kollegen. Ich jobbte nebenher noch in einer Tischlerei. Besserte mir mit meiner Nebentätigkeit mein Gehalt zum Kauf von eventuell mal zur Verfügung stehenden Sondergütern und Luxusartikeln auf."

Drei, zwei, eins ... meins!

„Weißt du, Ronny, wie schon gesagt, es entwickelte sich bei uns in der ehemaligen DDR durch die knappen Warenlieferungen ein recht abnormes Kaufverhalten. Wir kauften und ramschten, sobald irgendwelche knappen Erzeugnisse gerade irgendwo angeboten wurden. Komplett egal, ob wir diese brauchten oder nicht. Komplett egal, was es war. Weihnachtseinkäufe unverderblicher Waren begannen bei uns oft bereits im Frühjahr. Ungemein gefragt waren bei uns unsere bereits erwähnten *Bückwaren*. Wen wundert es, dass wir uns, wenn irgend möglich, im Westfernsehen begierig Werbung für alle benötigten oder auch überflüssigen Waren anschauten. Das SED-Regime wollte uns mit aller Macht von dieser geheimen Informationsquelle fernhalten. Wie du sicherlich aus eigener Erfahrung weißt, sind die verbotenen Früchte die süßesten. Somit weckte das Westfernsehsenderverbot lediglich die Sehnsucht nach dem Westen. Vergrößerte die Sehnsucht nach Freiheit. Vergrößerte die Abenteuerlust. Vergrößerte das immer größer werdende Fernweh bei all jenen, die das Regime noch nicht gebrochen hatte. Apropos Fernweh. Weißt du eigentlich, wie bei uns eine Urlaubsreise aussah? Weißt du eigentlich, wo wir, wenn wir wegfahren wollten, hinfahren durften?"

„Jan, woher soll ich das wissen? Ich habe keine Ahnung. Ich gehe jedoch davon aus, dass du es mir gleich erzählen wirst", antwortete Ronny mit einem leicht genervten Unterton.

Entweder hatte Jan den bissigen Unterton in Ronnys Stimme nicht wahrgenommen oder geflissentlich überhört. Er ging zumindest nicht ansatzweise darauf ein und schlug ein neues Kapitel seiner Geschichtsreise auf.

Tourismus im Arbeiter-und-Bauern-Staat ...

„Reisen in den Westen waren bei Familienfesten und dem Tod von Verwandten für die DDR-Bürgerinnen und Bürger unterhalb des Rentenalters lediglich ohne Anhang und nur mit einem vorher gestellten und genehmigten Antrag möglich. Die Genehmigungen für unsere angedachten Reisen wurden meistens sehr willkürlich erteilt. Doch viele von uns trotzten diesen erneut systembedingten Eingrenzungen sowie den vielen Einschränkungen und Behinderungen im Reiseverkehr. Unsere DDR entwickelte sich in den 1970er- und 1980er-Jahren zum Land mit dem größten Massentourismus innerhalb der Ostblockstaaten. Daraus ergaben sich Probleme der ganz besonderen Art, nämlich einer für die Planwirtschaft viel zu hohen Finanzbelastung von rund zehn Prozent des Staatshaushalts. Nun, nachdem Ende der 1970er-Jahre auch unser Arbeiter-und-Bauern-Staat zu einem Land des Massentourismus mutiert war, reisten wir, was unser begrenzter Radius an Zielen hergab. Reisen, wie ihr es aus dem Westen kennt, gab es bei uns nicht. Unsere Reisemöglichkeiten waren extrem stark eingeschränkt und mit sehr wenigen Ausnahmen lediglich in dem Radius der sozialistischen Bruderstaaten möglich.

Unsere Freizeit und unser Urlaub waren eingebunden in die Zielsetzung der SED. Diese hatte es sich zur selbst erklärten Aufgabe gemacht, eine sozialistische Kulturgesellschaft zu schaffen. Dieser große idealistische Gedanke ist allerdings komplett fehlgeschlagen. Dementsprechend nahmen die staatlichen Institutionen, vor allem aber die Betriebe und der *Freie Deutsche Gewerkschaftsbund*, insbesondere bei der Zuteilung der diversen freien Plätze in den Urlaubsplanungen eine tragende Rolle ein. Der Tourismus in der DDR diente der Erholung der Bürger des DDR-Staates. Der Massentourismus sollte die staatliche Förderung und auch die sozialistische Haltung der DDR-Bürger gegenüber ihrem Staat stärken. Gerne frequentierte Urlaubsorte zur Zeit der DDR waren die beiden Ostseeinseln Rügen und Usedom. Doch auch die Sächsische Schweiz und der Thüringer Wald und last, but not least das Ostseebad Warnemünde waren unter den Top Ten der Lieblingsferienorte im Arbeiter-und-Bauern-Staat zu finden. Warnemünde war das Ziel vieler Sommergäste des Freien Deutschen Gewerkschaftsbunds. Viele von uns DDRlern verbrachten ihren Urlaub in den Ferienheimen der Gewerkschaft entlang der Küste.

Weitere beliebte Ausflugsziele waren noch der Müritzsee und der Müggelsee im Raum Berlin. Der Müritzsee war traumhaft im Landkreis Mecklenburgische Seenplatte gelegen. Am Westende des Sees befindet sich der Ort Buchholz mit einem Campingplatz, der direkt am See liegt. Eine idyllische Lage, kann ich dir sagen. Boah ey, auf dem Müritzsee und auch auf dem Müggelsee konnte man brettsegeln!" Jan schnaufte zur Untermalung seiner Aussage wie ein altes Walross.

„Sobald das Wetter es zuließ, war ich drauf." Jans Augen leuchteten. Sein Gesicht strahlte.

„Zwei Fragen: Wo warst du drauf? Was bitte ist jetzt schon wieder brettsegeln?" In Ronnys Augen tanzten Fragezeichen.

„Zwei Antworten auf deine zwei Fragen." Jan lächelte verschmitzt.

„Erste Antwort: Ich war auf dem See und auf meinem Brett. Zweite Antwort: Ich glaube, brettsegeln heißt auf Neudeutsch surfen", klärte Jan Ronny auf.

„Du sagtest, man konnte surfen. Ist es heute verboten?"
Ronny war überrascht.

„Nein, nein", entgegnete Jan.

„Ich wollte mit meiner Aussage lediglich unterstreichen, dass diese Seen für den Wassersport freigegeben waren. Diese Seen hatten übrigens einen phänomenalen Strandabschnitt. Die offene Ostsee hatte für uns Ostdeutsche allerdings einen Haken. An der Ostsee war der Wassersport für uns leider vollständig verboten. Stell dir vor, auf unserer Seite der Ostsee wurden sowohl der komplette Strandabschnitt als auch die gesamte See lückenlos, bis ins letzte Winkelchen mit Argusaugen bewacht. Überwachungsanlagen, Wachtürme, Boote der Grenzbrigade Küste wurden zur Beobachtung gut sichtbar für jedermann platziert. Nachts kreisten die Suchscheinwerfer grell und leuchteten unsere Strandabschnitte ab. Sowohl die Grenzposten als auch unsere Stasi und ihre Konsorten hatten immer Angst, dass einer von uns über das Wasser in Richtung Freiheit abhauen würde. Manch einem ist die Flucht über das Wasser tatsächlich trotz aller Sicherheitsvorkehrungen gelungen. Mit selbst gebauten Faltbooten oder Ähnlichem. War immer ein komisches Gefühl, in der Region Urlaub zu machen."

„Ich erinnere mich, du hattest schon einmal über einen antifaschistischen Schutzwall gesprochen", unterbrach Ronny Jan.

„Ach, echt? Na, doppelt hält besser." Jan lachte und erzählte weiter.

„Auslandsreisen, die bei euch von jeher ohne Schwierigkeiten möglich waren, waren bei uns nur in wenigen Ausnahmen in das befreundete sozialistische Ausland erlaubt. Lange Zeit waren die Reisen nach Polen und in die Tschechoslowakei genehmigungsfrei. Eine Genehmigung benötigtest du jedoch für Reisen in die Nachbarländer Ungarn, Rumänien, Bulgarien, Sowjetunion oder ins ebenfalls kommunistische Kuba. Sollte einer von uns den Wunsch gehegt haben, in eines dieser kommunistischen Länder fahren oder fliegen zu wollen, war es durchaus üblich, seinem Vorgesetzten bis zum Anschlag in den Arsch zu kriechen. Es soll durchaus hilfreich gewesen sein, auf diesem Weg eine der begehrten Genehmigungen zu erhalten.

Ich habe jedoch keine Ahnung. Meine Eltern und ich sind leider nie ins Ausland gefahren. Wir waren nicht privilegiert. Die Sache mit meinem Onkel hat das Thema Reisen nicht einfacher für uns gemacht. Daher kommt wohl auch mein großes Fernweh. Meine Reiselust ist nach wie vor ungebremst. Ich liebe es immer noch, mich in Reisekatalogen oder auf den verschiedensten Internetplattformen über andere Länder und Sitten zu informieren und diese auf meinen vielen Reisen zu erleben. Freies Reisen, wie ihr es kanntet, gab es bei uns ja seinerzeit nicht! Unser damaliger DDR-Tourismus wurde, wie ich schon erwähnt habe, fast ausschließlich über die ansässigen VEB-Reisebüros und die staatlichen Institutionen abgewickelt. Der Feriendienst des Freien Deutschen Gewerkschaftsbunds mit eigenen FDGB-Ferienheimen war unser größter Reiseveranstalter. Die zweitgrößten Anbieter waren tatsächlich die staatlichen Campingplätze."

„Ach was, rede doch keinen Unsinn!", raunzte Ronny Jan harsch an.

„Was? Du glaubst mir nicht? Glaubst du, ich trage dick auf? Doch, es stimmt haargenau, was ich dir sage. Nicht nur die Holländer waren und sind die Könige der Campingplätze, auch wir Ostdeutschen schnallten uns gerne eine fahrbare Unterkunft hinter unseren Trabbi oder Wartburg. Wenn du kein Auto hattest oder keinen Caravan, nahmst du dir halt ein Zelt und gingst mit diesem auf Reisen", maulte Jan beleidigt und holte sogleich noch weiter aus.

„Ein weiterer Ferienanbieter war übrigens der VEB. Das war *das* hausinterne Staatsreisebüro. Dann, ich glaube ab 1975, bemerkte unsere Führungsriege, dass sie sich mehr um die Jugendlichen kümmern musste. Hatte wohl Angst vor der einen oder anderen Revolte. Fortan gab es zu den bereits bestehenden staatlichen Reiseveranstaltern nun auch das Reisebüro ‚Jugendtourist', das Jugendreisebüro in unserer DDR. Dieser

Reiseveranstalter war *der* Veranstalter der Freien Deutschen Jugend. In den 1990ern vergab der Feriendienst des FDGB an der Ostsee achtzehn Prozent der Erholungsplätze. Die Betriebe vergaben fünfundzwanzig Prozent, und sechsundzwanzig Prozent stellten öffentliche Zeltplätze zur Verfügung. Damit wurden fast drei Viertel aller Erholungsplätze durch den Staat und die Betriebe vergeben. Die restlichen Plätze verteilten sich auf Privatquartiere sowie Zeltlager für Kinder und Jugendliche. Um den begehrten Ferienscheck zu bekommen, spielten beim Auswahlverfahren für die durchweg zu knappen Urlaubsplätze durch die Betriebe und den FDGB das politische sowie das Arbeitsverhalten eines jeden Arbeiters und Angestellten durchaus eine erhebliche Rolle. Wer gut schleimte, tief genug in den Arsch des Vorgesetzten kroch, hatte die besten Chancen.

Unsere Regierung hatte – warmherzig, wie sie war – mit unseren armen Funktionären ein Nachsehen. Es war dem einen oder anderen Bonzen nicht zuzumuten, mit dem Pöbel des Arbeiter-und-Bauern-Staates gemeinsam Urlaub zu machen. Inmitten der DDR-Tristesse, direkt an der Ostsee gelegen, lag die Nobelherberge unserer Funktionäre und unserer Reichen und Schönen: das ‚Hotel Neptun'. *Die* Luxusherberge bei uns im Osten. Nur einige wenige konnten sich die kostspieligen Übernachtungen im Hotel Neptun leisten. Das ist ein Haus mit einer sehr speziellen und illustren Geschichte von seiner Eröffnung 1971 bis heute, fünfundzwanzig Jahre nach der Maueröffnung. Zu einer dieser Geschichten gehört auch, dass das Haus im Volksmund *Stasi-Hotel* genannt wurde und eng mit unserer Stasi und ihren Machenschaften verbunden gewesen sein soll. Vor allem dann, wenn es um das Aushorchen von Westurlaubern ging. Hier soll so mancher *Botschafter des Friedens* auf Samtpfötchen in den heiligen Hallen unterwegs gewesen sein. Bevor du fragst, was Botschafter des Friedens waren – so nannte man bei uns die heimischen Spione, die mit dem einen oder anderen Auftrag inkognito auf Achse waren. Dieses erste Haus am Platz gehörte zu DDR-Zeiten zum bevorzugten Aufenthaltsort so mancher Ost- und Westprominenz. Diese kamen nur allzu gerne. Die Liste der Urlauber aus dem Westen, vor allem aus Westdeutschland, war lang. Da sind Namen zu nennen wie Uwe Barschel, Björn Engholm, Willy Lemke und Rudi Assauer, diverse A-Ostpromis, Schauspieler, Sänger, Politiker und die gesamte sonstige Hautevolee.

Oben auf dem Dach des Hauses, in der hauseigenen Diskothek, wurde so manche deutsch-deutsche Freundschaft geschlossen. Zu dem Grandhotel gehörte ein exquisiter Restaurantkomplex, in dem verschiedene internationale Restaurants angesiedelt waren. Sensationell für ein DDR-Hotel in den 1970er-Jahren war in der zweiten Etage des Hotels die angeschlossene Meerwasserschwimmhalle mit Wellenanlage und last, but not least die berüchtigte ‚Sky-Bar‘ in der neunzehnten Etage. Schon damals war dann und wann das Dach der Welt nachts für das eine oder andere *Tänzchen unter dem Himmelszelt* geöffnet. Auch in dieser Bar wurde so manch deutsch-deutsche Freundschaft geschlossen oder vertieft. Ferner soll hier so mancher Handel abgewickelt worden sein. Im Keller des Hotels befand sich die allererste Diskothek der DDR. Heute ist die einstige Diskothek übrigens das Restaurant ‚DaCapo‘, falls es dich interessiert.

Auch Friederike Pohlmann machte in den 1980er-Jahren einen preiswerten Luxusurlaub in der DDR als Westgast zusammen mit DDRlern, die dort nicht, wie an anderen Orten, voneinander getrennt wurden. 2006 dann, rund zwanzig Jahre später, hat die Pohlmann gemeinsam mit Wolfram Bortfeldt für den NDR einen Film über die Geschichte des Hotels gedreht. ‚*Hotel der Spione: Das Neptun in Warnemünde*‘ hieß der Streifen. Während des Drehs ist sie auf so manche Ungereimtheit gestoßen. Tja. Nun machste große Augen, mein Lieber.“ Jan zwinkerte Ronny zu.

„Wer bitte ist Friederike Pohlmann? Wer ist Wolfram Bortfeldt?", fragte Ronny interessiert.

„Was? Du kennst Friederike Pohlmann und Wolfram Bortfeldt nicht?" Jan tat entrüstet.

„Nein! Ist *das* nun eine Bildungslücke?" Ronny war verunsichert.

„Keine Ahnung, stammen ja beide aus dem Westen. Ich weiß über die beiden nur, dass Friederike Pohlmann als Autorin ihr Geld verdient und Co-Autorin des Films war. Wolfram Bortfeldt ist als Autor, Regisseur von Dokumentationen und Reportagen – meistens für das öffentlich-rechtliche Fernsehen – unterwegs. Mehr weiß ich über die beiden auch nicht."

„Na dann, danke für das Schließen einer meiner Bildungslücken."

Beide fingen schallend an zu lachen.

Die Nackten leben hoch!

„Wolltest du mir nicht etwas über euren exhibitionistischen Hang, euch immer und überall ausziehen zu müssen, erzählen?" Ronny war an der Beantwortung dieser Frage sehr interessiert.

„Tja, unser FKK-Geschichtswerk in all seinen Facetten interessiert dich also?" Jan bereitete die Beantwortung von Ronnys Frage offensichtlich Vergnügen.

„In den 60er-Jahren war es seitens unseres Staates verpönt, sich nackt auszuziehen. Es gab zu dieser Zeit sogar ein offizielles Nacktbadeverbot der Volkspolizei. Doch das änderte sich in den 1970er-Jahren. Sodann brach das Zeitalter unserer Nackten an. Ab diesem Zeitraum war das Nacktbaden bei uns an offenen Badeseen und Gewässern, unabhängig von Alter und Geschlecht sowie auch vom gesellschaftlichen Status, weit verbreitet. Es war in unserem Staat eine Massenbewegung. Den Trend zur Freikörperkultur, die Saat, die Jahrzehnte später aufging, hatten einst unsere Künstler in unserem Arbeiter-und-Bauern-Staat gesät. Diese hatten sich zuerst ihre Kleider beim Baden, beim Sonnen am Strand und an den Badeseen vom Leib gerissen. Der Pöbel, also wir, der kleine Mann, folgte diesem Trend sodann Jahre später. Glaube mir, es war nicht immer schön, was dir so manches Mal vielerorts entgegengestreckt wurde. Wenn ich noch daran denke, Bilder aus meinem Kopf!" Jan schüttelte sich.

„Ich weiß nicht, ob du es dir vorstellen kannst. Die Freikörperkultur war für uns so normal wie das Atmen. Für uns war es eher befremdlich, einen furchtbar Bekleideten am Strand oder Badesee zu sehen. Unsere Nacktrevolution machte vor nichts und niemanden halt. Selbst an Gewässern, an denen das Baden offiziell verboten war, zum Beispiel an Kiesgruben, wurde nach dem Motto: *Nun erst recht* ziemlich oft blankgezogen. Sowohl an den offiziellen Badeseen als auch an dem einen oder anderen Ostseeabschnitt gab es dutzendfach gekennzeichnete FKK-Bereiche. Es war ein sehr schönes Gefühl, sich nackt zu sonnen und zu baden. Das Nacktsein vermittelte uns einen Hauch von Freiheit."

„Jan, ich kann es mir ums Verrecken nicht vorstellen, mich öffentlich auszuziehen und allen meinen Prachtburschen zu zeigen! Kanntet ihr keine Scheu? Hat sich denn tatsächlich niemand geniert, sich vor allen auszuziehen?", fragte Ronny Jan ungläubig.

„Ein Schamgefühl hatten die meisten von uns nicht. Viele fanden es gut, sich auszuziehen und zu zeigen, was Mutter Natur an ihnen vollbracht hat. Wie schon gesagt, es war eher umgekehrt! Viele von uns verspürten den Drang, sich vom Sonnenaufgang bis zum Sonnenuntergang auszuziehen. Generell gab es in der ehemaligen DDR, zumindest in den 1970er-Jahren, eine viel größere Toleranz und Akzeptanz gegenüber unseren Nackten als bei euch. Ich denke, für uns hatte das Nacktsein ein bisschen etwas von einer kleinen Freiheit. Ein eingeräumter Freiraum, der uns vom Staat zugestanden wurde, um uns die ganz große Freiheit vorenthalten zu können. Nackt waren wir alle gleich … na ja, mehr oder weniger gleich. Auf jeden Fall war die Freikörperkultur unser Glück in den warmen Sommermonaten.

Doch ich muss zugeben, nicht alle fanden den Nudismus gut. Manche von uns waren in der Pubertät und auch später gehemmt. Ich erinnere mich, dass einige Freunde von mir sich schämten und es vermieden, sich nackt auszuziehen. Für diesen gehemmten Personenkreis gab es Abschnitte zum Textilsonnen und -baden."

Harte Währung Deutsche Mark

„Nachdem sich der Zusammenbruch unserer maroden DDR abzeichnete und die Berliner Mauer am 9. November 1989 gefallen war, legte Helmut Kohl ohne vorherige Absprache mit dem Koalitionspartner und den westlichen Bündnispartnern am 28. November 1989 im Deutschen Bundestag ein Zehnpunkteprogramm zur Überwindung der Teilung Deutschlands und Europas vor. Gegen den Widerstand des Bundesbankpräsidenten Karl Otto Pöhl hatte Kohl darin einen Umtauschkurs der DDR-Mark in Westmark im Verhältnis eins zu eins bei Löhnen, Gehältern, Mieten und Renten durchgesetzt. Der Umtauschkurs wurde speziell gestaffelt und variierte je nach Alter und Gegebenheit. So durften Bürger im Alter ab sechzig Jahren bis zu sechstausend, Erwachsene bis zum Alter von einschließlich neunundfünfzig Jahren bis zu viertausend und Kinder bis zum Alter von vierzehn Jahren bis zu zweitausend DDR-Mark eins zu eins umtauschen. Darüber liegende Sparguthaben wurden zum Kurs von zwei zu eins gewechselt. Schulden, so vorhanden, wurden großzügig halbiert. Löhne, Gehälter, Stipendien, Renten, Mieten und Pachten sowie weitere wiederkehrende Zahlungen wurden zum Kurs von eins zu eins umgestellt. Die Guthaben von Personen und Firmen, die nicht ihren Sitz in der DDR hatten, wurden zum Kurs von drei zu eins umgetauscht.

Was hattet ihr geglaubt? Dass wir kein Geld hätten? Wie naiv konntet ihr nur sein? Ihr habt euch mächtig von unserem Gestöhne zum Narren halten lassen. Erspartes hatten viele von uns ausreichend. So kam so mancher DDR-Bürger durch die damalige großzügige Tauschregel zu Wohlstand. Ich für meinen Teil hatte auch großes Glück. Meine Eltern hatten gleich nach meiner Geburt angefangen, für ihr einziges Kind auf ein

Auto hinzusparen. Die für uns völlig normale Lieferzeit für ein Auto lag im Durchschnitt zwischen zehn und fünfzehn Jahren. Meine Eltern hatten mir jedoch – weitsichtig, wie sie offenbar waren – kein Auto bestellt. Haben mir dafür einen schönen Batzen Geld zum Erwerb eines solchen zu meinem achtzehnten Geburtstag ausgezahlt. Ich hatte somit genug Geld auf der hohen Kante. Ich hob selbstverständlich mein bisher mehr oder weniger wertloses Geld ab und tauschte es gegen die neue harte Westwährung ein. Stundenlanges Warten ging meinem Umtausch voraus."

„Was verstehst du unter lange?", hinterfragte Ronny.

„Keine Ahnung, drei, vier Stunden ungefähr. Trauben von Menschen hatten sich zum Umtausch an den Geldinstituten gebildet. Hatte uns jedoch nichts ausgemacht. Schlangestehen waren wir ja gewohnt. Damit uns das Einkaufen nach der Wende auch richtig Freude machte, besiegelte eure und unsere gemeinsame Regierung am 18. Mai 1990 die sogenannte Währungs-, Wirtschafts- und Sozialunion zwischen unseren beiden deutschen Staaten. Besiegelt wurde dieses Unterfangen durch die Unterschriften der Herren Theodor Waigel, eures damaligen Finanzministers, und Walter Romberg, der im Jahr 1990 Minister der Finanzen der DDR im Kabinett war. Es gab einige, die von dem Schattendasein unserer Deutschen Demokratischen Republik direkt und ohne Umwege auf die Sonnenseite des Lebens geplumpst sind.

Gemeinsam mit eurem damaligen Außenminister Hans-Dietrich Genscher erreichte der Kanzler der Einheit, Helmut Kohl, zusammen mit dem letzten und einzig demokratisch gewählten DDR-Ministerpräsidenten Lothar de Maizière in den sogenannten *Zwei-plus-Vier-Gesprächen* mit den vier Siegermächten des Zweiten Weltkriegs deren Zustimmung zur Wiedervereinigung Deutschlands in Form des *Zwei-plus-Vier-Vertrags*. Ebenso die Einbindung des wiedervereinigten

Deutschlands in die NATO oder auch *Organisation des Nordatlantikvertrags* oder auch *Atlantisches Bündnis*. Einen hab ich noch, im Französischen auch OTAN genannt."

„Mensch, Jan, du haust ja ganz schön auf die Kacke, du Angeber!"

„Zugegeben, du hast recht, ich bin ein plietsches Kerlchen. Ich werte deine Aussage jetzt mal als Kompliment", flachste Jan und lachte Ronny offen an. Sodann fuhr er mit seiner Geschichte fort._

„Somit wurde eure harte D-Mark auch bei uns, in der ehemaligen DDR, alleiniges gesetzliches Zahlungsmittel. Zum Glück wart ihr, vielmehr eure Volksvertreter, ausgesprochen großzügig. Jeder DDR-Bürger – vom Baby bis zum Greis – erhielt bei seiner ersten Einreise in die Bundesrepublik Deutschland einmalig einhundert D-Mark Begrüßungsgeld. Das Begrüßungsgeld war eine großherzige, äußerst nette Geste. So nett, dass sich einige Ausgebuffte von uns gedacht haben, sie würden gerne des Öfteren von euch begrüßt werden. Rege trieben die Gauner ihr Schindluder und meldeten sich zwecks Abgrasens des Begrüßungsgelds in unterschiedlichen Bundesländern, in verschiedenen Gemeinden, Städten und Kreisen an. Diese Gaunerei brachte den Schurken noch einmal ein sattes Plus an Westgeld auf ihrem Ostkonto ein."

„Halt, stopp, ich möchte ein Veto einlegen!" Ronny erhob zur Unterstreichung seines Einwands seine rechte Hand.

„Mag schon alles seine Richtigkeit haben, was du erzählst. Doch soweit mir bekannt ist, ist das Begrüßungsgeld nicht erst seit 1989 ausgezahlt worden. Das Begrüßungsgeld ist als Unterstützung jedem einreisenden Bürger der **Deutschen Demokratischen Republik** und auch der damaligen **Volksrepublik Polen**, soweit eine **deutsche Abstammung** nachgewiesen werden konnte, aus Mitteln des **Bundeshaushalts** gewährt worden. Es wurde bereits 1970 in Höhe von dreißig **D-Mark** eingeführt und konnte zweimal im Jahr in Anspruch genommen werden. 1988 wurde es auf einhundert D-Mark erhöht, jedoch auf eine einmalige jährliche Inanspruchnahme beschränkt." Ronny lächelte in seinem breitesten Siegerlächeln.

Er freute sich wie ein Schneekönig, auch etwas zu dem Thema Mauerfall beitragen zu können, und freute sich noch mehr, als er in Jans erstauntes Gesicht sah. Jan war mehr als überrascht.

„Wow, Ronny, das habe ich tatsächlich nicht gewusst! Vielen Dank für deine Klarstellung. Ich hatte immer gedacht, dass das Begrüßungsgeld erst nach dem Mauerfall ausgezahlt wurde. Tja. Wieder mal was dazugelernt."

Als Ronny Jan nach einer kurzen Atempause keine Antwort gab, holte Jan tief Luft und philosophierte weiter.

„Wenige Tage vor der Währungsunion am 1. Juli 1990 waren alle noch vorhandenen Geschäfte der DDR mit der Inventur, dem Ausverkauf und der Neuauszeichnung der vorhandenen Waren von Ostmark auf Westmark beschäftigt. Übrigens war auch mein Laden davon betroffen. Wegen der begrenzten Mengen an Ostmark, die eins zu eins in DM umgetauscht werden konnten, gab es vor dem Termin der Währungsunion noch vorgezogene Käufe von Gebrauchsgütern aus DDR-Produktionen, wie zum Beispiel Waschmaschinen oder Pkws. Ein wahrer Rausverkauf begann bei uns. Einige betuchte DDR-Bürger mit reichlich Ostmark über der Höchstmenge für den Eins-zu-eins-Umtausch übergaben ihr überschüssiges, wertloses Ostgeld zur Wandlung in wertvolles, kaufkräftiges Westgeld an weniger wohlhabende Bekannte und Verwandte. Geldtransporter säumten unsere Straßen und wurden von Einsatzfahrzeugen der Polizei mit Blaulicht begleitet. Gut gesichert und gepanzert versorgten diese Konvois unsere Banken mit der neuen DM-Währung."

Mehr Glück als Verstand

„Ihr hattet nach dem Mauerbau mehr Glück als Verstand. Ihr hattet im Westen die Amys, die Briten und den Franzmann auf eurer Seite. Wir, was hatten wir? Den großen Bruder im Nacken. Wir hatten den Russen im Schlepp. Die UdSSR. Wow! Ganz großes Kino. Was waren wir doch für Glückspilze! Ihr in der BRD hattet im Gegensatz zu uns einen Überfluss an Konsumgütern und Nahrungsmitteln sowie, nicht zu vergessen, die vielen Luxusgüter aus Tausendundeiner Nacht. Ihr konntet schon immer, wenn sich bei euch der große oder der kleine Hunger meldete, euch auch nur der Hauch eines Anflugs von Appetit auf die eine oder andere Spezialität ereilte, gleich in den Discounter um die Ecke gehen und euren Appetit stillen. Konntet schnabulieren, was immer euch mundete.

Bei uns sah so ein Unterfangen schon ganz anders aus. Wir mussten bei einem Anflug von Appetit oder gar Hunger das kaufen, was es gerade im Laden gab. Konnten schmachten, bis die nächste Lieferung kam. Mussten essen, was die Regale in unseren Läden so hergaben. Die von euch Wessis als öde Ananas degradierte Frucht war für uns eine wahre Gaumenfreude. Stell dir vor, aufgrund der für uns Ossis komplett neuen Lebenssituation nach dem Mauerfall war die Freigabe aller Lebensmittel für den einen oder anderen tatsächlich tödlich. Ob du es glaubst oder nicht, es haben sich einige von uns im wahrsten Sinne des Wortes zu Tode gefressen. Bei uns gab's ja nix. Umso größer war für viele von uns die Freude, für so manche Leckerei nicht mehr stundenlang in der Schlange anstehen zu müssen. Dafür nicht mehr exorbitant viel Geld auf den Tresen legen zu müssen. So aß der oder die eine oder andere tatsächlich statt einer Tafel Schokolade zehn oder gar elf Tafeln auf einmal. Statt einer Banane wurden eben sieben oder acht Bananen auf einmal verputzt. Viele trieben nach der Maueröffnung Raubbau an ihrem Körper. Eure importierten Fast-Food-Ketten hatten wir zuvor noch nie von innen gesehen. Hm, was schmeckte den vielen Ausgezehrten von uns Burger und Co. doch gut! Manchen zu gut. Letztlich vergaßen viele von uns, dass dies auf Dauer kein Körper mitmacht. Mensch, Ronny, ich quatsche und quatsche vom Essen und vom Essverhalten, haste Hunger?"

„Ja."

„Gut. Dann lade ich dich auf die wohl beste Berliner Currywurst ein."

„Currywurst? Bei uns gibt es Weißwürste mit süßem Senf", antwortete Ronny mit leichter Verzweiflung in seiner Stimme.

„Nein … vertrau mir. Es wird dir schmecken!", erwiderte Jan siegessicher und gab der in der Zwischenzeit ausgewechselten Kellnerin ein Zeichen, an ihren Tisch zu kommen. Diese war zu ihrer beider Glück ausgesprochen umsatzorientiert und kam umgehend an den Tisch der beiden. Auch gefiel ihr Jan ausgesprochen gut. So einen schicken Typen sah Frau nicht alle Tage.

„Ja bitte?", fragte die junge, hübsche blonde Kellnerin. Mit wasserblauen, riesengroßen Augen und einem Lächeln in Jans Richtung, das jedes Eis zum Schmelzen gebracht hätte. Doch Jan wäre nicht Jan, wenn er ihren aufreizenden Augenaufschlag, des Weiteren ihr schönes Lächeln bemerkt hätte. Er war komplett flirtresistent.

„Mädchen, bring uns bitte jedem zwei Currywürste mit reichlich Soße, Pommes rot-weiß und zwei Radler", gab Jan seine Bestellung auf und wandte sich, ohne die weiteren schmachtenden Blicke der Kellnerin zu bemerken, wieder Ronny zu.

„Ronny, weißt du eigentlich, dass es hier in Berlin, ganz in der Nähe vom Checkpoint Charly, nur einhundert Meter weiter ein Currywurst-Museum gibt? Musst du dir unbedingt ansehen, bevor du wieder zurück in deine Berge fährst. Currywürste sind für uns das, was die Weißwurst für euch ist. Currywurst ist bei uns Kult!"

Hurra, ein vereintes Deutschland!

„Ach ja … Die deutsche Einheit! Ronny, ich bin also neun Monate nach dem Mauerfall zu meinem Vorgesetzten gegangen und habe meinen kompletten Jahresurlaub des Jahres 1990 eingereicht. Ich war mir gar nicht sicher, ob mir dieser überhaupt genehmigt werden würde. Mir standen für das ganze Jahr dreiundzwanzig Tage Grundurlaub zu. Ergab also vier Wochen und drei Tage Urlaub auf meiner Habenseite. Wow! Was war ich doch für ein Glückpilz! Mein Urlaub wurde von meinem Arbeitgeber ganz ohne Murren und Knurren abgesegnet. Ich war selig. Wollte jetzt, wo nichts mehr zwischen meiner angedachten Reise und mir stand, nur noch weg. Reisen! Wohin? War mir völlig egal! Weit, weit weg! Raus aus dem ganzen korrupten Scheißhaufen! Raus aus dem zähen Sumpf der Manipulation und Korruption. Alles hinter mich lassen. Ganz in Ruhe dem Trubel der Dauerfeier entkommen. Alleine in der weiten Ferne wollte ich über meine künftige Zukunft nachdenken.

Wie bitte sollte einer wie ich, ein Kind des radikal gelebten Kommunismus, der strikt eingehaltenen Planwirtschaft, einer, der über zwanzig Jahre Stasiherrschaft überlebt hat, sich im Imperialismus, im Expansionsstreben, im Großmachtstreben des Westens zurechtfinden? Wie sollte ich mit der für mich komplett neuen Situation alleine klarkommen? Klar, ich habe noch Verwandte und Eltern, jedoch hatten diese die zurückliegenden Erlebnisse, die vielen Ängste immer noch nicht verarbeiten können. Waren somit allen Neuerungen gegenüber schreckhaft, bange und aufs Extremste argwöhnisch. Wie sollte ich nun während meiner Findungsphase ganz mutterseelenallein zurechtkommen?

Ich hob einen Teil meines Ersparten von meinem prall gefüllten Konto ab. Ging mit vollen Taschen in ein kleines Reisebüro, das im Westsektor unserer ehemals geteilten Stadt lag. Ich hatte mir dieses kleine Reisebüro ausgeguckt, da es mir während meiner S-Bahn-Fahrten wieder und wieder angenehm aufgefallen war. Das Reisebüro hatte eine große Reklametafel mit einer lachenden Sonne über der Eingangstür des Ladens hängen. Die Sonne lachte mich während meiner Fahrten immer so freundlich, so aufmunternd an, dass für mich nach meiner Entscheidungsfindung einzig dieses Reisebüro für die Realisierung meines Trips infrage kam. An einem Mittwoch war es so weit. Ich hatte endlich den Mut gefunden, meinen lang gehegten Traum wahr werden zu lassen. Ich nahm die Einladung der lachenden Sonne an. Mutig betrat ich das Reisebüro. Nett sah es im Inneren aus.

Doch *sie,* meine Sylvia, fiel mir als Erstes auf. Sie, die nette Reisebürokauffrau, ein bildhübsches Wessi-Mädel. Sylvia schaute damals leicht genervt von einem Reisekatalog, in dem sie interessiert hin und her blätterte, auf, als sie mich bemerkte. Nach dem Motto: *Wer stört mich?* fragte sie mich, wie ich fand, leicht patzig: ,*Was kann ich für Sie tun?*‘ Ich sah wohl wie ein typischer Ossi aus. Ich glaube, meine kleine Kratzbürste dachte sich: *Was ist das für ein Clown? Kann der sich überhaupt eine Reise in ein nicht kommunistisches Land leisten?* Mir war egal, was sie dachte. Mich hatte es damals eiskalt erwischt. Sie sah so wunderschön aus. Auch wenn sie die wohl schrillsten Klamotten anhatte, die ich jemals gesehen habe. Ihre Aura … ihre Stimme! Ihr wunderschönes Gesicht! Engelsgleich! Ich hörte ihre Worte. Sie sprach meine Sprache. Ich hörte und verstand jedes ihrer Worte, und doch schienen wir beide von völlig unterschiedlichen Planeten zu stammen. Millionen Lichtjahre voneinander entfernt. Ihr selbstsicheres Auftreten verunsicherte mich ungemein.

Sylvia schien meine Unsicherheit, meine tapsige Art amüsant zu finden. Mein Verhalten bestätigte ihr, dass sie es ganz eindeutig mit einem Ostdeutschen zu tun hatte. Zuhauf waren ehemalige DDR-Bürger, wie ich später erfahren habe, in den vergangenen Tagen in *ihr* Reisebüro gestürmt. *‚Darf ich mich setzen?'*, fragte ich sie komplett unsicher und zeigte auf einen der beiden weißen Stühle, die vor ihrem weißen Schreibtisch standen. *‚Ja, natürlich. Dafür sind Stühle ja da. Zum Draufsetzen'*, entgegnete mir meine kleine Sylvia keck. Wir beide mussten herzhaft lachen. Das dicke Eis, das uns zuvor umgeben hatte, war gebrochen. Trotz aller Schwärmerei für Sylvia hatte ich nur ein Ziel. *Reisen!* Ich wollte reisen. Weit, weit weg. Mich interessierten Amerika und Asien. In Asien ganz speziell Indien. Die gegensätzlichen Länder waren geheimnisvoll, waren fremd. Waren bereits seit der Maueröffnung immer wieder Bestandteile meiner Träume. Den nächtlichen als auch den vielen Tagträumen. Allein das Aussprechen der Namen *Amerika, Indien* regte meine Fantasie ins Unermessliche an. Letztlich entschied ich mich nach Sylvias zweistündiger Beratung für Amerika. Meinen gesamten Jahresurlaub verbrachte ich in diesem riesigen Land. Sagte ich Land? Ich meinte, auf diesem unbeschreiblichen Kontinent. Meine fantastischen, unbeschreiblichen, unglaublichen Erinnerungen werde ich stets in mir tragen. Es sei denn, ich bekomme Alzheimer. Dann sähe die Sache mit den Erinnerungen allerdings wohl ganz anders aus."

Ronny konnte sich ein Lächeln nicht verkneifen.

„Ronny, grins nicht so hässlich. Auf einen Totalausfall meines Gedächtnisses kann ich gut verzichten." Jan verzog sein Gesicht.

„Wer nicht, mein lieber Jan? Wer nicht?", gab Ronny ernst und nachdenklich zu bedenken.

„Wo war ich stehen geblieben?" Jan war durcheinander.

„Ach ja", nahm Jan seinen verloren gegangenen Gesprächsfaden wieder auf, „als ich dann nach dem Ende meiner Auszeit wieder in good old Germany auf dem Flughafen Tegel gelandet war, war ich um so viele Eindrücke und Erlebnisse reicher. Warst du schon mal in Amerika?"

„Nein. Wollte schon immer mal hin. Hat aber bisher nie geklappt", antwortete Ronny mit einem Hauch Melancholie in seiner Stimme.

„Es war wirklich mega, unbeschreiblich mega", schwärmte Jan begeistert.

„Vier ganze Wochen war ich alleine auf diesem geilen Kontinent unterwegs. Los Angeles, New York, San Francisco, Washington, Manhattan, New Orleans. Junge, was hatte ich drüben für eine geile Zeit! Viel, sehr viel habe ich gesehen. In Amerika ist alles durch absolute Superlative gekennzeichnet. Von den Autos über die Autobahnen, Geschäfte, Einkaufsmalls, Erlebnisparks, Häuser, Strände, Prachtbauten. Einfach alles ist drüben in den Staaten hammermäßig", berichtete Jan euphorisch.

Freundschaft ... 1, 2, 3 marschieren wir ...

„Doch zurück zu meinem ersten Aufeinandertreffen mit Sylvia. Ossi, Wessi, was macht das schon? Wir beide waren Deutsche! Wir waren beide Berliner! Und doch trennten uns Welten ... wenn nicht sogar Galaxien.

Ich bin ein Kind des Kommunismus. Ich bin ein Kind der Planwirtschaft. Zwangsbestimmt. Alle, na ja, fast alle Entscheidungen wurden uns abgenommen und für uns von einer zentralen Instanz getroffen. Das gesamte Leben war in der ehemaligen, nunmehr komplett vom Radar genommenen DDR sehr gut reguliert und noch besser kontrolliert und mit Argusaugen bewacht! Ideen, Innovationen, eigenes Gedankengut wurden in der DDR als westlicher Imperialismus ausgelegt. Alles, was jenseits des Mainstreams war, fand in diesem System keinen besonders großen Anklang. Ganz im Gegenteil. Als Jugendlicher konntest du froh sein, solltest du aufmüpfig geworden sein, dass du nicht deine Zelte in deinem Elternhaus abbrechen und in eines der von uns sehr gefürchteten Umerziehungslager einrücken musstest. Die teuflische Gedankensaat des fundamentalistischen westlichen Kapitalismus musste den abtrünnigen Jugendlichen ausgetrieben werden. Wer hingegen als Erwachsener nicht funktionierte, wurde inhaftiert. Ein Hoch dem Kommunismus! Ein Hoch dem SED-Staat!

Mein Sonnenschein, Sylvia, war eine Tochter des Kapitalismus. Der freien Marktwirtschaft und der Demokratie. Freidenkerin. Ebenso wie ich in Berlin geboren. Sie im Westsektor, ich im Ostsektor. Wir hatten viel gemeinsam und waren doch so verschieden. Es fing bereits mit unserer Kindheit an. Die erwachsenen Menschen im Westen Deutschlands berichten heiter über ihre Kindergartenzeit. Wir, die Deutschen aus dem Osten Deutschlands, durften immer wieder Erklärungen über die Zustände in unseren Kinderkrippen, in denen wir unsere Nachkommen vom Säuglingsalter bis zum dritten Lebensjahr gut betreut wussten, abgeben. Jedoch: Bevor wir als Knirpse in die Krippe gehen und später unsere Knirpse werktags dort abgeben durften, gab es Regeln einzuhalten. Einzig für die gesunde psychische Entwicklung des Kindes. Zum Wohle der wichtigen Mutter-Kind-Bindung. Damit diese nicht beschädigt oder zerstört wurde, hatten die jungen Mütter eine streng einzuhaltende Schutzzeit von fünf bis sechs Wochen einzuhalten. Frühestens nach dieser Frist durften sie wieder für das Regime antreten. Auch bei uns gab es das Babyjahr. Bei Bedarf konnten die Mütter auch ein ganzes Jahr zu Hause bleiben und ihre Kinder bei vollen Bezügen bemuttern. Nach dem Kinderhort wechselte jedes Kind der DDR mit dem Schulbeginn in der ersten Klasse zu den Jungpionieren, später zu den Thälmannpionieren."

„Halt, Jan, ich kann dir gerade nicht mal ansatzweise folgen. Was sind Jungpioniere? Was sind Thälmannpioniere? Was hat man in diesem Haufen Gleichgesinnter gemacht? Wart ihr zu vergleichen mit unseren Pfadfindern? Wart ihr in der Natur unterwegs?" Ronny hatte mal wieder tausend Fragezeichen im Gesicht.

„Nein, ganz anders. Ich versuche, es dir zu erklären." Jan holte tief Luft.

„Dafür muss ich jedoch ein wenig ausholen. Wenn man das System nicht kennt, in diesem nicht aufgewachsen ist, ist es am Anfang etwas kompliziert. Also, die Pionierorganisation *Ernst Thälmann*, benannt nach dem ehemaligen Vorsitzenden der Kommunistischen Partei Deutschlands, Ernst Thälmann, war bei uns *die* politische Massenorganisation für Kinder. Ihr gehörten ab den 1960er-, 1970er-Jahren fast alle Schüler vom ersten bis zum siebten Schuljahr als Jung- oder Thälmannpioniere an. Wichtiges Erkennungszeichen: Die Jungpioniere trugen blaue Halstücher, die Thälmannpioniere rote. In der ersten bis zur dritten Schulklasse waren wir Jungpioniere. Von der vierten bis zur siebten Klasse waren wir Thälmannpioniere. Auch ein späterer Wechsel war möglich, jedoch musstest du zur Aufnahme als Thälmannpionier ein Jahr Jungpionier gewesen sein. Anfang der achten Klasse erfolgte dann meist die Aufnahme in die FDJ. Kannst du mir folgen?"

Ronny nickte kommentarlos.

Jan grunzte zufrieden und fuhr mit seiner Erklärung fort.

„Ab dieser Zeit, also der Zeit der Aufnahme in die FDJ, kam dann ein blaues Hemd zum Einsatz. Die Pionierorganisation, die der Freien Deutschen Jugend angegliedert war, wurde bereits nach dem Krieg – am 13. Dezember 1948 – noch zur gesamtdeutschen Zeit gegründet und erst im August des Jahres 1990 aufgelöst. Wegen des Gründungstages wurde der 13. Dezember bei uns im Osten alljährlich als Pioniergeburtstag gefeiert – zumindest an meiner Schule: zunächst mit einem Appell vor Schulbeginn. In den Nachmittagsstunden fanden in den Klassenzimmern vielfältige Aktivitäten statt. Hier wurde gequizzt, da wurde gebastelt. Es gab auch ein Pioniercafé, eine Geschicklichkeitsstaffel und in der Aula die Pionierdisco. Hier wurde ordentlich geschwoft. Ferner gab es tolle Gewinne zu ergattern. Gastgeber der Pioniergeburtstage waren Lehrer und FDJler.

Unsere Pionierorganisation war vollständig nach sowjetischem Vorbild aufgebaut und ebenso straff organisiert. In der Gesamtheit der Pionierorganisationen waren alle Kinder und Jugendlichen zusammengefasst. Wie schon gesagt, die Aufnahme in den Kreis der Jungpioniere erfolgte mit dem Schulbeginn in der ersten Klasse. Bei der Aufnahme legte man das folgende Pionierversprechen ab: ‚*Ich verspreche, ein guter Jungpionier zu sein. Ich will nach den Geboten der Jungpioniere handeln!*' Die Mädels der Jungpioniere erkannte man an ihren weißen Blusen und ihren dunklen Röcken. Uns Jungs erkannte man an unseren weißen Hemden und unseren dunklen Hosen. Unsere Abzeichen waren geschlechtsneutral, alle gleich. Auf dem linken Ärmel der Pionierbluse oder des Pionierhemdes trug der Jungpionier das Pionieremblem. Dieses bestand, soweit ich mich richtig entsinne, aus den Buchstaben JP, drei lodernden Flammen und der Inschrift: *Seid bereit.* Dieses Emblem war, meine ich, auch auf der Frontansicht der Mitgliedskarte zu finden. Ich bin mir da jedoch nicht mehr so ganz sicher. Unser bekanntestes Merkmal bei den Jungpionieren war jedoch unser blaues Halstuch. Zu dieser üblichen Ausrüstung konnte man noch ein blaues Käppi bekommen. Um dieses zu erhalten, musste man jedoch sehr pflicht- und regimegetreu mitarbeiten oder kriechen und schleimen, bis der Arzt kommt. Da sowohl das eine als auch das andere bekanntlich nicht jedermanns Sache ist, hatte folglich auch nicht jeder ein blaues Käppi."

„Hattest du so einen Deckel?"

„Rate mal!" Jan zwinkerte Ronny zu.

„Also, wohl eher nicht", dachte Ronny laut.

„Genau. Ich trug bis zu meinem Wechsel nur das blaue Halstuch. Ich war nämlich weder gut in dem einen noch in dem anderen. Mit dem Eintritt in die vierte Klasse konnte man wie gesagt Thälmannpionier werden. Für uns Jungpioniere gab es nur ein Ziel: Wir stachelten uns gegenseitig an und fragten uns: Wann bekomme ich endlich das rote Thälmannhalstuch? Wir konnten es gar nicht abwarten. Zur Aufnahme musste man das Gelöbnis der Jungpioniere ablegen:

‚Ernst Thälmann ist mein Vorbild. Ich gelobe zu lernen, zu arbeiten und zu kämpfen, wie es Ernst Thälmann lehrt. Ich will nach den Gesetzen der Thälmannpioniere handeln.'

Formal war die Teilnahme in den Zusammenkünften der Pioniere übrigens komplett freiwillig. Formal, wie gesagt. Die gesamten Statuten und Regeln, das komplette Regelwerk der

Pionierorganisationen für alle Kinder und Jugendlichen, waren in einem kleinen Büchlein zusammengefasst. Diese Regeln bekam selbstverständlich jedes Kind zu seiner Aufnahme ausgehändigt. Wir wurden mit folgendem Slogan auf Gefügigkeit getrimmt:

> ,*Wir Jungpioniere lieben unsere Deutsche Demokratische Republik.*
> *Wir Jungpioniere achten (beziehungsweise lieben) unsere Eltern.*
> *Wir Jungpioniere lieben den Frieden.*
> *Wir Jungpioniere halten Freundschaft mit den Kindern der Sowjetunion und aller Länder.*
> *Wir Jungpioniere lernen fleißig, sind ordentlich und diszipliniert.*
> *Wir Jungpioniere achten alle arbeitenden Menschen und helfen überall tüchtig mit.*
> *Wir Jungpioniere sind gute Freunde und helfen einander.*
> *Wir Jungpioniere singen und tanzen, spielen und basteln gern.*
> *Wir Jungpioniere treiben Sport und halten unseren Körper sauber und gesund.*
> *Wir Jungpioniere tragen mit Stolz unser blaues Halstuch.*'

Wie gesagt, unsere Pionierkleidung bestand aus weißen Blusen und Hemden, die in Sportartikelgeschäften erworben werden konnten. Auf dem linken Ärmel befand sich ein Aufnäher mit dem gestickten Emblem der Pionierorganisation. Dann und wann waren noch Rangabzeichen mit Streifen in der Farbe des Halstuchs zu sehen. Es gab drei Streifen. Ein Streifen stand für Freundschaftsratsvorsitzende, zwei Streifen für Gruppenratsvorsitzende und Freundschaftsratsmitglieder und der dritte Streifen für alle weiteren Gruppenratsmitglieder. Teilweise wurden Symbole für besondere Funktionen aufgenäht, zum Beispiel ein rotes Kreuz für einen jungen Sanitäter. Vervollständigt wurden unsere Einheitsuniformen durch eine dunkelblaue Hose bei uns Jungen oder einen dunkelblauen Rock bei den Mädels. Als Kopfbedeckung diente uns ein dunkelblaues <u>Käppi</u> mit dem Pionieremblem als <u>Kokarde</u>. Anfang der 1970er-Jahre kamen noch eine Windjacke und eine dunkelrote Freizeitbluse hinzu.

Die sich später anschließende FDJ, unsere Jugendmassenorganisation, krallte uns im Alter zwischen vierzehn und vierundzwanzig Jahren fast alle. Somit wurden nahezu alle in den Kreis der ‚Jugendfreunde‘ eingereiht. Diesem ‚Freundschaftsgrußritualträger‘ konnte kaum ein Jugendlicher entfliehen. Grundsätzlich jedoch war die Zugehörigkeit in diesem fragwürdigen Verein ein ‚freiwilliger‘ Zwang. Ein unbedingtes *freiwilliges* Muss. Stell dir vor, ganze achtundneunzig Prozent unserer Jugendlichen und jungen Erwachsenen waren Mitglieder in dem einen oder anderen Verein. Es kam jedoch tatsächlich vor, dass Schüler wegen schlechter schulischer Leistungen oder schlechten Benehmens zur Strafe nicht aufgenommen oder, wenn sie bereits Mitglied waren, von der weiteren Mitgliedschaft ausgeschlossen wurden.“

Jan hing kurz seinen Gedanken nach.

„So wurde uns als Angehörige dieser Subkultur suggeriert, etwas Besonderes zu sein. Wir waren die Elite der Deutschen Demokratischen Republik. Zu erkennen waren wir an unseren langärmligen blauen Hemden. Bei den Mädchen war es eine blaue Bluse mit Klappkragen, Schulterklappen und Brusttaschen. Auf den linken Ärmel war das FDJ-Symbol der aufgehenden Sonne aufgenäht.“

„Du sagtest gerade eben, fast alle waren in dem Verein mit von der Partie. Wer durfte sich denn ausklinken?“ Ronny kratzte sich an seinem Hinterkopf.

Jan überlegte.

„Hm … ausklinken ist nicht das richtige Wort. Eine freiwillige Nichtteilnahme war mit erheblichen Nachteilen verbunden. Es war so gut wie sicher, dass eine Nichtteilnahme deinem Ansehen und deiner späteren Karriere schaden würde. Die FDJ hatte überall – zum Beispiel bei der Vergabe von Abitur-, Studien- und Arbeitsplätzen – ihre Finger im Spiel.

Kinder von Kirchenmitgliedern sollen in der FDJ nicht willkommen gewesen sein. Mit Sicherheit wird es noch den einen oder anderen Personenkreis gegeben haben, der in der FDJ ebenfalls nicht willkommen war.

Die FDJ war, wie andere Jugendkulturen auch, von den gesellschaftlichen und politischen Verhältnissen im Umfeld geprägt. Kleinkinder, Kinder und Jugendliche wurden vom Krabbelalter bis zum Ende des Backfischalters mithilfe einer Gehirnwäsche aktiv auf die SED-Ideologie, die sozialistische Ideologie der Diktatur der Deutschen Demokratischen Republik, getrimmt. Uns wurden deren kranke Ideologien in unser Gehirn nur so eingehämmert und eingetrichtert mit der Aussicht eines späteren Wechsels in eine der Parteien wie CDU, LDPD, SPD, NDPD oder DBD mit dem dazugehörigen Parteibuch. Wir Kinder des Sozialismus wurden alle zu allseitig gebildeten, sozialistischen Persönlichkeiten herangezogen, die ihrem sozialistischen Vaterland hirnlos und treu ergeben waren. Ich kann dir aus eigener Erfahrung sagen, dass es der SED mit dieser Intention sehr ernst war.

Den eigenartigen Umgang mit der Uniformierung hatte jeder DDR-Jugendliche schon vor seinem vierzehnten Lebensjahr verinnerlicht. Zum Üben gab es schließlich die Pionierorganisationen. Der Eintritt war für die allermeisten Kinder kurz nach der Einschulung eine selbstverständliche Pflichtübung. Durch die Bank weg, jedoch nur bis zu einem gewissen Alter, sahen die meisten jungen Pioniere ihre Mitgliedschaft positiv. Wir alle waren bereit, all die netten Geschichten über die guten Taten der Jungpioniere zu glauben. Übten oft ganz engagiert den richtigen Pionierknoten, mit dem man das Halstuch zu tragen hatte. Es gab tatsächlich nur ganz wenige Abtrünnige. Weißt du auch, warum? Weil wir alle es richtig gut fanden. Wir Kinder wollten großenteils dazugehören. Wir waren von dem gesamten System anfänglich schwer überzeugt. Doch die Anfangseuphorie war schnell vorbei. Die immer wiederkehrenden Propagandarituale wurden in ihrer intellektuellen Schlichtheit selbst für uns Kinder schnell sterbenslangweilig. Fahnenappelle, bei denen man lange still stehen musste, langweiligen Reden lauschen oder Aufmärsche zum 1. Mai und 7. Oktober waren bei vielen von uns nicht besonders beliebt. Ich muss jedoch zugeben, dass es im Rahmen der Pioniernachmittage durchaus interessante Ausflüge und kindgerechte Veranstaltungen gab. Die lästige Pflicht, das Halstuch zu tragen, war eher mit den eintönigeren Terminen verbunden. Wenn du mit den Wölfen heultest, hattest du wenig bis gar nichts auszustehen. Erst mit dem Beginn der Pubertät fingst du an, das eine oder andere infrage zu stellen. Sodann war Vorsicht geboten. Weißt du eigentlich, wie unsere Freizeitgestaltung aussah?"

„Jan, ich habe keinen blassen Schimmer. Wie soll ich denn wissen, welchen Freizeitaktivitäten ihr in der ehemaligen DDR frönen durftet? Ganz ehrlich, woher soll ich das wissen? Jetzt mach es nicht so spannend. Hau es schon raus!"

„Nur wenn du es wirklich wissen willst", sagte Jan beleidigt.

„Ja, Mann, spann mich nicht so auf die Folter. Lass es mich wissen!" Ronny war genervt.

„Na, dann hör mal zu." Jan freute sich über Ronnys gezeigtes Interesse.

„Um bei uns in der ehemaligen DDR als Kind und späterer Jugendlicher einigermaßen gut durchs Leben zu kommen, war es nicht von Nachteil, über besondere Fähigkeiten oder Begabungen zu verfügen. Entweder warst du überdurchschnittlich intelligent und konntest in der Schule und während deines Studiums glänzen oder aber du warst ausgesprochen sportlich. Für die sportlichen Kinder und Jugendlichen fand die Spartakiade in der Deutschen Demokratischen Republik regelmäßig statt. Diese war mit einer kleinen Olympiade zu vergleichen.

Die Spartakiade war eine große Sportveranstaltung mit verschiedenen Sportwettkämpfen. Auf diesen Wettkämpfen hielten sich auch regelmäßig Scouts auf. Suggeriert wurde den Kindern und Jugendlichen in den Kreis-, Bezirks- und DDR-Meisterschaften, dass diese Wettkämpfe sie zu regelmäßiger sportlicher Betätigung anhalten würden. Jedoch dienten sie in Wirklichkeit der frühzeitigen Erkennung potenzieller Leistungssportler. Wurden junge Talente entdeckt, ging es ab in ein Bootcamp. In diesem wurden die jungen Talente gedrillt, was ihr Körper hergab und darüber hinaus. Jegliches Verhalten, das von Höchstleistungen abwich, war fast immer mit persönlichen Belastungen, die einem Mobbing gleichkamen, verschmolzen und konnte auch zu erheblichen Einbußen der späteren beruflichen Zukunft führen. Warst du eher Durchschnitt oder schlimmer, musstest du schleimen und mit den Wölfen heulen, bis der Arzt kam.

Wir hatten jedoch Glück im Unglück. Durch den polytechnischen Unterricht in der DDR konnte trotz schlechterer schulischer Leistungen durchaus das persönliche Fortkommen gesichert werden. Für uns Schüler hieß das im Klartext: *Richtiges* politisch-ideologisches Verhalten, verbunden mit den entsprechenden Freizeitaktivitäten, sicherte dein Vorwärtskommen. Sowohl im Beruflichen als auch im Privaten. Doch wer A sagt, muss – wie wir alle aus Erfahrung wissen – auch B sagen. Alles im Leben hat seinen Preis. Daher bedeutete dies im Umkehrschluss, dass individuelle Berufswünsche sich den ökonomisch ausgeklügelten Erfordernissen des Staates unterzuordnen hatten. Neben der – nett ausgedrückt – sehr intensiven politisch-ideologischen Erziehung hatten die entsprechenden

Institutionen auch noch die frühe Vorbereitung von uns Kindern und Jugendlichen auf die sozialistischen Arbeitsgewohnheiten auf ihrem beschränkten Radar. Na, Ronny, noch Fragen zu unserem Pioniergeist?"

„Nein. Danke. Jetzt habe auch ich es verstanden. Ich bin doch kein intellektuelles Ozonloch. Du musst zugeben, für Nichteingeweihte ist das Ganze schon äußerst kompliziert", gab Ronny Jan zu bedenken.

„Ja, da magst du wohl recht haben. Ich bin halt mit diesem System groß geworden. Für mich und alle anderen Jugendlichen war dieser Abschnitt in unserem Leben komplett normal. Gehörte bei uns zum Erwachsenwerden dazu. Ich denke, wenn man es nicht live und hautnah miterlebt hat, kann man es kaum verstehen", gab Jan zu.

Gut bewacht und zwangsbestimmt ... selbst bei der Musikwahl

„Der ehemalige DDR-Bürger war an sieben Tagen in der Woche, vierundzwanzig Stunden, ganze 1.440 Minuten oder 86.400 Sekunden am Tag ein politisches Wesen. Angefangen in der Frühe beim Aufstehen, beim morgendlichen Zähneputzen, am Abend beim Anblick der Sterne aus dem heimischen Fenster bis zum Schließen unserer Augen zum Antritt ins Land unserer Träume. Wir alle waren rund um die Uhr, ohne Pausen, gut betreut und bestens bewacht. Wir sollten nicht denken. Wir sollten nicht rebellieren. Nein, falsch ausgedrückt, wir durften nicht rebellieren. Wir sollten einfach nur einwandfrei funktionieren. Wie Aufziehmännchen. Die übermäßige Politisierung unseres Lebens, die vielen Belehrungen allerorts, die uns schon morgens unsere Ohren zustopften, führten dazu, dass wir uns sinnbildlich hinter unseren Hecken verschanzten. Dann noch die Riesendefizite in unserem Versorgungsangebot ... Diese zwangen uns zu diversen innovativen Selbsthilfemaßnahmen.

Nicht zu vergessen das Fehlen einer kommerziellen Freizeitkultur. Es gab keine Alternativen. Glaube mir, auch wir wären gerne mal in die Disco gegangen. Doch eine Disco, wie ihr sie schon früh kennengelernt habt, gab es bei uns nicht. Jedenfalls nicht so. Wir hatten unsere Jugendklubs. Selbstverständlich standen diese unter staatlicher Aufsicht und waren der FDJ unterstellt. In den Jugendklubs konnten wir schwofen. Eine Besonderheit: In unseren Klubs legten keine DJs die Platten zur musikalischen Unterhaltung auf, sondern ausgebildete Schallplattenunterhalter. Unsere DJs wurden zur Vermeidung des englischen Begriffs *Discjockey* gesetzlich als Schallplattenunterhalter betitelt. Es gab freie und nebenberufliche Schallplattenunterhalter. Doch, wie sollte es bei uns anders sein, musste der Typ, der die Platten auflegen wollte, einen speziellen Grundlehrgang mit anschließender staatlicher Prüfung bei dem Kreis- und Stadtkabinett für Kulturarbeit absolvieren. Erst nach bestandener Prüfung durften die Platten aufgelegt werden. Da konnte nicht jeder X-Beliebige kommen und sich DJ nennen. Geschweige denn auch noch Schallplatten auflegen. Einzig unser staatlich geprüfter Schallplattenunterhalter durfte ausgewählte Tonträger vor einem größeren Publikum auflegen. Um jedoch weiterhin am Ball zu bleiben, musste dieser regelmäßig an den Monatszusammenkünften teilnehmen. Doch damit noch nicht genug: Alle zwei Jahre musste eine Neueinstufung durch die Einstufungskommission erfolgen."

„Jan, jetzt hör aber mal auf! Wirklich, du verarscht mich doch!"

„Nein, Ronny, ganz bestimmt nicht! Es war, wie ich es dir erzähle. Schlimmer noch! Eine weitere Besonderheit in unserem erloschenen Staat: Der Schallplattenaufleger war verpflichtet, eine 40/60-Regelung einzuhalten."

„Was soll das jetzt schon wieder sein?" Ronny griff sich in seinen Vollbart.

„Na, das will ich dir doch gerade erklären. Wenn du mich nicht dauernd unterbrichst, erfährst du alles, na ja, fast alles über die DDR-Zeiten." Jan überlegte kurz und fuhr mit seinem Geschichtsunterricht fort.

„Sechzig Prozent der Programmfolge mussten Lieder aus der DDR und von den sozialistischen Nachbarn sein. Vierzig Prozent des Liedguts durften aus dem nicht sozialistischen Ausland kommen. Um uns Jugendliche bei Laune zu halten, gab es so manch eine revolutionäre Beatplatte als Nachpressung des DDR-Labels Amiga. Diese standen völlig legal in den Verkaufsregalen. Darunter war auch eine LP von den Beatles. Unsere LPs waren einheitlich für den Preis von sechzehn Ostmark und zehn Ostpfennig – natürlich ein staatlich festgelegter Einheitspreis – zu kaufen. Wer jedoch die Originalalben besitzen wollte, die unsere Regierungsfürsten zuvor auf einer eigens angefertigten Blacklist als VE gekennzeichnet hatten …"

„V was?", fiel Ronny Jan ins Wort. „Jan, kannst du bitte in ganzen, verständlichen Sätzen mit mir sprechen?"

Jan musste lachen.

„Sorry, Ronny, für mich ist das eine oder andere Kürzel völlig normal. Also, für Schallplatten, die unsere Regierungsfürsten als *Verbotene Einfuhr* deklariert hatten, musste man locker das Zehnfache investieren. Vielleicht kannst du dir vorstellen, wie der Schwarzmarkt für diese *heiße Ware* in unserem Arbeiter-und-Bauern-Staat blühte. Viele haben auf dem Schwarzmarkt tatsächlich horrende Summen für die Vervollständigung ihrer Sammlungen hingeblättert. Für manche Originalplatten wechselten oft nicht weniger als einhundertfünfzig Ostmark ihren Besitzer. Stell dir mal vor, sogar Michael Jackson war bei uns ein Star! Der Typ war weltweit so erfolgreich, den konnten selbst unsere *Führungsfuzzis* uns nicht verbieten. Kurzfristig war seine LP ‚Thriller' für sechzehn Ostmark und zehn Ostpfennig sogar ganz legal bei uns zu kaufen. In Dresden zum Beispiel hatte allerdings nur ein einziges Geschäft diese Scheibe. Vor dem Laden standen Kaufinteressierte ungelogen vierhundert Meter in der Schlange, um die begehrte Trophäe aus dem Westen abzustauben. Doch es waren nicht genug für alle da. So manch einer ging nach stundenlangem Warten leer aus.

Übrigens, Westrockmusik war für unsere SED-Bonzen Dreck. Viele Songs eurer Rockgruppen standen bei uns auf dem Index. Doch wie immer macht Not erfinderisch. Viele von uns Jugendlichen und Musikfanatikern trickten pfiffig und einfallsreich unsere ‚Geschmacksdiktatur' aus und dealten in geheimen Schmugglerringen mit der heißen Ware Musik.

Wenn ich an diese Zeit zurückdenke ... was waren wir doch innovativ! Was haben wir uns alles Originelles einfallen lassen!"

Jan bekam einen Lachflash.

Ronny schaute Jan verstört an.

Jans Lachen war hochinfektiös. Ronny wurde unverzüglich infiziert. Beide Männer konnten sich für zwei, vielleicht drei Minuten nicht mehr beruhigen. Der eine, weil er in seinen Erinnerungen schwelgte, der andere, weil er bei dem Anblick seines Gegenübers nicht ernst bleiben konnte. Viel besser war noch, dass selbst die Gäste der besetzten Nachbartische und auch die Vorbeischlendernden sich eines Grinsens, gar eines Lachens nicht erwehren konnten. Jan japste nach dem Abklingen seines Lachflashs nach Luft und nahm seinen Monolog, als wäre nichts gewesen, wieder auf.

„Unser gesamter Musiksektor stand unter der strammen Aufsicht staatlicher Aufpasser. Kritische Musiker erhielten prompt die Rechnung: Auftrittsverbot. Auch verloren die Sänger oder die Bands manchmal ihre Lizenzen. Eine unserer erfolgreichsten Rockbands, die Renft, musste sich 1975 wegen Beleidigung der Arbeiterklasse auflösen. Die Liedermacherin Bettina Wagner ereilte noch Schlimmeres. Sie bekam eine Haftstrafe, die zur Bewährung ausgesetzt wurde. Wir haben jedoch auch internationale Stars hervorgebracht. Um dir nur einige wenige zu nennen: Denke nur an die Gruppen Karat oder die Puhdys. Durch die Vermittlung von Peter Schimmelpfennig, der schon die Puhdys unter Vertrag hatte, und seinem Musiklabel Pool Records machten die Jungs von Karat mit ihrem Prog-Rock-Stil internationale Karriere. Außerdem haben wir noch Nina Hagen. *Die* deutsche *Godmother of Punk*. Diese geniale Sängerin hatten unsere Funktionäre mehr oder weniger zwangsausgewiesen. Nina Hagen hatte Glück im Unglück. Durch den Rausschmiss ging sie international ab wie eine Rakete. Sie ging nach Großbritannien und war dort in der Punkszene unterwegs. Wusstest du, dass Nina Hagen ursprünglich bei uns Schauspiel an der Schauspielschule studieren wollte? Ihr Antrag wurde damals jedoch ohne Angabe von Gründen abgelehnt. Sie hat dann, ich meine 1973, eine einjährige Gesangsausbildung begonnen und auch beendet. Eine öffentliche Solidaritätsbekundung für den verfemten Musiker, Liedermacher und Lyriker Wolf Biermann, der 1976 aus der DDR ausgebürgert wurde und der ehemalige Lebensgefährte ihrer Mutter war, schoss Nina damals bei uns ins Abseits.

Dann war da noch euer Udo Lindenberg, der unseren Staatschef einst zur Weißglut gebracht haben soll. Udo Lindenberg hatte in einem Radiointerview im Sender Freies Berlin am 5. März 1979 den Wunsch geäußert, für seine Fans ein Konzert in Ostberlin geben zu dürfen. Das Interview wurde in unserer Deutschen Demokratischen Republik im Originalton aufgezeichnet und einen Tag später als Information des Staatlichen Komitees für Rundfunk, Abteilung Monitor, dem Chefideologen und Kulturverantwortlichen der SED vorgelegt."

„Ihr hattet echt viele Kuriositäten in der ehemaligen DDR. Wenn man nicht wüsste, dass du die Wahrheit sprichst, könnte man denken, du würdest alles in Bewegung setzen, um in einer Zwangsjacke abgeführt zu werden und dir eine Auszeit in einem gut gepolsterten Zimmer zu nehmen." Ronny grinste Jan frech an. Jan schmunzelte zurück.

„Ja, da magst du wohl recht haben. Soll ich weitererzählen? Es kommt ja noch um einiges dicker."

„Ja, natürlich. Ich wollte deinen Redefluss nicht unterbrechen, sorry."

„Nun denn. Der Chefideologe und Kulturverantwortliche der SED schrieb am 9. März 1979, handschriftlich auf die ihm zugetragene Information: *Auftritt in der DDR kommt nicht infrage.'* Udo Lindenberg soll über die Ablehnung unseres Chefideologen und Kulturverantwortlichen der SED ziemlich sauer gewesen sein. Es gelang ihm auch drei Jahre später nicht, seinen Plan in die Tat umzusetzen. Anfang 1983 kam er als Reaktion auf sein Auftrittsverbot auf eine grandiose Idee. Er verfasste einen deutschen Text auf Glenn Millers Klassiker *Chattanooga Choo Choo*. Der Text des über drei Minuten langen Liedes richtete sich ironischerweise direkt an Erich Honecker. Dieser wird in dem Song Lindenbergs als respektloser, verknöcherter, scheinheiliger Mann tituliert. Als Mann, der offiziell die Ideologie der Regierung präsentiert, jedoch im Inneren ein Rocker sei und heimlich Westradio höre. Übrigens, der Bezug zum Stadtbezirk Pankow im Titel beruht auf der Tatsache, dass das dort gelegene Schloss Schönhausen von 1949 bis 1960 Sitz des Präsidenten sowie anschließend bis 1964 Sitz des Staatsrates unserer DDR war. Doch auch nach 1964 hatten noch viele Angehörige der DDR-Regierung und ranghohe Mitarbeiter anderer Behörden ihren Wohnsitz in Pankow. Unter anderem am *Majakowskiring*. Pankow war in der Zeit des Kalten Krieges ein Synonym für den Regierungssitz der sowjetisch besetzten Zone. Wie du bestimmt weißt, ist am Ende des Liedes eine Bahnhofsdurchsage in Russisch zu hören. Der Originaltext lautete:

‚Towarischtsch Erich! Meschdu protschim, werchownij sowjet ne imejet nitschewo protiw gastrolej Gospodina Lindenberga w GDR!', auf Deutsch übersetzt: *‚Genosse Erich, im Übrigen hat der Oberste Sowjet nichts gegen ein Gastspiel von Herrn Lindenberg in der DDR!'* Dann soll in dem Begleitbrief zum Song vom 16. Februar 1983 an Honecker noch gestanden haben:

‚Lass doch nun auch mal einen echten deutschen Klartextrocker in der DDR rocken. Zeig dich doch mal von deiner lockermenschlichen und flexiblen Seite. Zeig uns deinen Humor und deine Souveränität. Lass die Nachtigall von Billerbeck ihre Zauberstimme erheben. Sieh das alles nicht so eng und verkniffen, Genosse Honey, und gib dein Okay für meine DDR-Tournee.'

Lindenbergs geringschätziger Brieftext soll seinerzeit unseren SED-Generalsekretär Honecker stinkwütend gemacht haben. Im August des Jahres 1983 versuchte der Lindenberg-Berater Michael Gaißmayer die Wogen zu glätten. FDJ-Chef Egon Krenz lud Lindenberg daraufhin ein, im Rahmen eines FDJ-Friedenskonzertes mit Künstlern aus aller Welt im Palast der Republik aufzutreten. Lindenberg durfte vier seiner Lieder spielen. Nach Vereinbarung musste er jedoch auf die Interpretation seines Sonderzuges nach Pankow verzichten. Nichtsdestotrotz erreichte der Sonderzug Kultstatus in unserer ehemaligen DDR. Am 25. Oktober 1983 kam es dann endlich zum ersten, jedoch auch einzigen Auftritt von Udo Lindenberg in unserer DDR. Leider wurde Lindenbergs geplante Tour durch die DDR im Februar 1984 abgesagt."

„Wow, bist du Lindenberg-Fan?"

„Na ja, was heißt Fan? Ich finde ihn cool. Er macht sein Ding! Residiert seit vielen Jahren im ‚Hotel Atlantic' in Hamburg. Genießt in diesem noblen Hotel den Luxus, den ein 5-Sterne-Superior-Haus zu bieten hat. Lindenberg hat seit 2011 sein Musical ‚Hinterm Horizont' in Berlin am Potsdamer Platz am Start und ist ferner auch noch als erfolgreicher Maler unterwegs. Last, but not least hat man den Eindruck, dass er sich treu geblieben ist. Er kommt zumindest authentisch rüber. Eine Anekdote hab ich noch … Udo Lindenbergs Bemerkung in seinem Lied ‚Sonderzug nach Pankow', dass Honecker heimlich auch gerne eine Lederjacke anziehe, ließ Lindenberg Taten folgen. Lindenberg ließ Honecker 1987 eine Lederjacke zukommen. Ein Geschenk, dessen Entgegennahme Honecker mit einem Dankesbrief quittierte. In dem an Lindenberg gerichteten Brief stellte Honi fest, dass er die Rockmusik mit den Idealen der DDR für vertretbar hielt. Des Weiteren schrieb Honecker, dass er die Lederjacke an den Zentralrat der FDJ weitergeben werde, damit dieser sie einem Rockfan zukommen lassen könne. Außerdem lag dem Brief eine Schalmei als Geschenk für Lindenberg bei. Honecker hatte solch ein Instrument während seiner Jugend gespielt."

„Halt, stopp! Bevor du weiterredest, was bitte schön ist eine Schalmei?"

„Du kennst keine Schalmei?" Jan schaute ungläubig drein.

„Würde ich nachfragen, wenn ich es wüsste?", fauchte Ronny Jan an.

Jan war erschrocken. Er bemerkte, dass er Ronny, völlig unbeabsichtigt, auf den Schlips getreten hatte. Ronnys sonst so gutmütige Augen funkelten Jan durch getönte Brillengläser bitterböse an.

„Schon gut, du kannst ja nicht alles wissen", lenkte Jan versöhnlich ein.

„Eine Schalmei ist ein Holzblasinstrument mit Doppelrohrblatt und konisch gebohrter Röhre. Die *Schalmei* war einst das Lieblingsinstrument der Hirten."

„Hm. Mag sein, dass ich zu blöd bin, doch auch nach deiner Erklärung kann ich mir immer noch nichts Genaues unter einer Schalmei vorstellen. Egal, erzähl weiter."

„Okay, also, als sich Honecker am 9. September 1987 während eines Staatsbesuches in Wuppertal aufhielt, schenkte ihm Lindenberg im Gegenzug eine E-Gitarre mit der Aufschrift: *Gitarren statt Knarren!*

„Puh, was du alles weißt! Hut ab!", bewunderte Ronny seinen neuen Kumpel.

„Danke."

Die Stimmung zwischen den beiden Männern war wieder harmonisch. Jan fuhr mit seiner Erzählung fort.

„Unser unbeschreiblich wichtiger Staatschef Walter Ulbricht säte angeblich ganz persönlich die Saat für das verdorbene Klima aus, für den musikalischen Kahlschlag in unserem Land. Das war 1965, als er anfing, gegen die von ihm und den Funktionären so verhasste Beatmusik zu wettern. Er war offensichtlich der Meinung, dass man diesen Mist, die Musiktitel und die Interpreten aus dem Westen nicht kennen und nichts über sie wissen muss. Fragte, ob man den Dreck aus dem Westen tatsächlich kopieren müsste. Kannst du dir das vorstellen? Doch es kam noch besser, aus dieser Zeit entsprang die von mir bereits erwähnte 40/60-Regelung. Aus lauter Angst, dass unsere ehemalige DDR-Jugend sich die US-Kultur zum Vorbild nehmen oder, noch schlimmer, aufmüpfig werden würde, erließ das Kulturministerium seinerzeit die bereits von mir erwähnte Anordnung in Bezug auf die Tanz- und Unterhaltungsmusik.

Doch stell dir vor, mitunter mischten sich auf unseren Events Spitzel mit Aufnahmegeräten unters Volk, um die Einhaltung des Erlasses zu dokumentieren und auszuwerten. Besser gesagt, sie waren auf der Suche nach Beweisen für Vergehen. Zum Glück ließ sich der Fortschritt auch bei uns nicht aufhalten. Trotz alledem gingen im Jahr 1965, nach dem tollen Erlass, unsere damaligen Jugendlichen auf die Straße und demonstrierten. Diese Demonstration hatte Folgen. Von den circa eintausend Jugendlichen mussten einhundertsieben von ihnen anschließend ins gefürchtete Arbeitslager. Mussten sich hier um die Förderung der Braunkohle kümmern. So wurde der sanfte Widerstand damals gleich im Keim erstickt. Ungeachtet dessen ließ sich unsere Jugend nicht einschüchtern. Der Widerstand gegen die 40/60-Regelung, gegen das Verbot der Westmusik, wuchs.

Viele Musikbesessene atmeten nach der Wende auf! Endlich konnten sie frei hören und kaufen, was es für sie nie zuvor zu hören und zu kaufen gab. Auch konnte der eine oder andere seinen dringlichsten Wunsch eines Musikstudiums in die Realität umsetzen. Ihr, die Wessis, wurdet von uns immer um eure Freiheiten beneidet. Wart von jeher Freigeister. Hattet das

Privileg, nach der Schulzeit in die Ausbildung zu gehen oder zu studieren, was immer ihr wolltet oder was eure Abiabschlussnote hergab. Konntet eure Meinung auf offener Straße einem jeden kundtun. Ganz ohne Risiko. Konntet euch aussuchen, wo ihr und mit wem ihr eure Freizeit gestaltet. Konntet in Diskotheken und Tanzpaläste gehen. Wir, die Menschen in dem Ostsektor Deutschlands, lebten in einem Kokon. Abgeschirmt von der westlichen Außenwelt. Euch, den Wessis, stand die ganze Welt offen. Euch waren und wurden wenig bis keine Grenzen gesetzt. Wenn für euch Grenzen vorhanden waren, dann waren diese lediglich eurer eigenen wirtschaftlichen Situation oder den eigenen inneren Barrieren oder, geografisch ausgedrückt, den Ländergrenzen geschuldet. Euer Westen hat sich im Gegensatz zu unserem Osten nach dem Mauerbau in ein Deutschland der unbegrenzten Möglichkeiten verwandelt. Wir hatten es hinter unserem Eisernen Vorhang mit einem großen Kasperletheater mit vielen selbstverliebten Darstellern in den Hauptrollen zu tun. Bei uns nutzten das viele Füßeküssen, Arschkriechen und Messerwetzen auch nur begrenzt etwas. Das innovative Vorwärtskommen, die Weiterentwicklung unseres Staates blieb irgendwann in den 1960er-Jahren stehen."

„Jan, jammerst du jetzt, oder stellst du nur fest?" Ronny zwinkerte Jan zu. Stand von seinem Stuhl auf und klopfte Jan wohlwollend auf die rechte Schulter.

„Ruhig, Brauner. Nun ist ja alles gut."

„Ronny, hör auf, mich zu verarschen. Alles, aber auch alles, was ich dir erzählt habe, entspricht eins zu eins der Wahrheit. Auch wenn es für dich nicht oder nur schwer zu verstehen ist."

Jan war tief beleidigt über Ronnys Unglauben.

100 Prozent Vollbeschäftigung

„Für uns Ostdeutschen war vieles, was für euch Wessis zu eurem Alltag gehörte, ein absoluter Kulturschock. In unserer Deutschen Demokratischen Republik hatte alles seine Ordnung. In dem Staat der Genossen und Genossinnen hatte jeder Arbeit und Brot. Wir hatten das Recht auf Arbeit sogar in unserem Gesetzeswerk verankert! Nun *das*! Ich musste mich rund ein Jahr nach der Wende arbeitslos melden. *Mein* Centrum-Warenhaus hatte nach rund einem Jahr Grenzöffnung, am Samstag, den 29. Dezember 1990 die Türen und Tore für immer geschlossen. Lediglich einige wenige kamen nach der Wende weiterhin in unser veraltetes Warenhaus zum Einkaufen. Das Gebäude war baufällig und marode. Es konnte den schillernden Konsumtempeln des Westens nicht im Mindesten standhalten. Somit wurde ich durch den Wegfall unserer Kunden und die daraus resultierende Schließung tatsächlich arbeitslos. Ein Zustand, den es in der ehemaligen DDR nicht gegeben hat. Laut unserer Verfassung gab es die Pflicht zu arbeiten, also auch das Recht auf Arbeit. Es herrschte bei uns de facto Vollbeschäftigung. Somit gab es bei uns in der ehemaligen DDR seit Mitte der 1950er-Jahre keine statistisch signifikante Arbeitslosigkeit. Im Gegensatz zur Bundesrepublik gingen in der DDR sogar mehr als neunzig Prozent der Frauen im arbeitsfähigen Alter einer Beschäftigung nach.

Doch glaube mir, mein lieber Ronny, der Schein trog. Mehr noch, die Scheiße stank zum Himmel. Mangelwirtschaft, häufige Stillstandzeiten der Maschinen in den Fabriken und der ungeheuer große, aufgeblähte Verwaltungs- und Sicherheitsapparat sorgten dafür, dass Tausende von uns nicht oder zumindest nicht sinnvoll beschäftigt werden konnten. Unser Stasistaat hatte sich schon lange vor der Wende totverwaltet.

1,4 Millionen Bürger in der DDR waren ohne eine sinnvolle Beschäftigung in den VEBs, sorry, in den volkseigenen Betrieben tätig. Als der Leiter *meines* Hauses drei Wochen vor der Schließung zum Abschluss eines Vieraugengesprächs mir ganz persönlich, mit einem warmen Handschlag und noch wärmeren Worten des Bedauerns, meine schriftliche Kündigung überreichte, kam es mir so vor, als ob mir der Boden unter meinen Füßen weggezogen wurde. Mein Mund war trocken. Ich hatte eine totale Leere in meinem Hirn. Brachte kein Wort, kein Sterbenswörtchen über meine Lippen. Ganz schwarz wurde mir vor Augen. Mir wurde schwummrig. Ich wurde offensichtlich kreidebleich.

,Mensch, Herr Schmidt, setzen Sie sich. Nicht dass Sie mir hier gleich noch umfallen. Sie sehen aus wie eine Krankenhauswand. Kalkweiß. Soll ich eine Krankenpflegerin rufen? Wollen Sie schnell ins Krankenlager? Es tut mir alles so leid', sagte mein ehemaliger Chef mit echtem Mitleid in seiner Stimme. Von dem Mitleid meines ehemaligen Arbeitgebers konnte ich mir allerdings auch nichts kaufen. Ich setzte mich schwerfällig in Bewegung. Kam irgendwie, irgendwann in meiner Wohnung an. Einzig mit einem Ziel: mich sinnlos zu besaufen. Ein ausgezeichneter Vorsatz, den es sogleich in die Tat umzusetzen galt. Ich war in meinem Vorhaben äußerst erfolgreich. War für das gesamte Wochenende nicht ansprechbar. Lag von Freitagabend, zwanzig Uhr, bis Montagmorgen, fünf Uhr, gut abgefüllt auf meiner Klappcouch.

Als ich am Montagmorgen meinen Gestank selbst nicht mehr ertragen konnte – ich hatte mich in meinem Delirium vollgekotzt und, um das Ganze abzurunden, mir auch noch in die Hose gepinkelt –, setzte mein Pflichterfüllungsdrang sich durch. Ich stand tapfer mit einem Schädel, der zu platzen drohte, einem Kater, der mich laut anschrie, Klamotten, die mir am Körper klebten, und ungeheuren Gliederschmerzen schlecht gelaunt auf. Zog zunächst meine stinkenden, feuchten Klamotten aus und warf diese in einen meiner Stoffbeutel, die ich fein säuberlich in der Schublade meines Küchenschranks aufbewahrte. Plastiktüten, wie sie bei euch zum Einkaufsalltag dazugehörten, gab es bei uns nicht. Wenn wir solche besaßen, waren es Überbleibsel von Verwandtenbesuchen aus dem Westen und mussten zum weiteren Gebrauch umgedreht werden. Später, beim Runtergehen, warf ich diesen stinkenden Stoffbeutel in einen für unseren Wohnblock bereitstehenden Container. Zuvor sprang ich jedoch mit großem Widerwillen, stinkend wie ein Iltis, unter die eiskalte Dusche. Trat erst wieder aus dieser heraus, als ich duftete wie eine Blumenwiese, zudem klar in meinem Kopf und Herr über die Funktionen meiner Gliedmaßen war. Stand tatsächlich lediglich dreieinhalb Stunden später, als wäre nichts gewesen, meinem Arbeitgeber wie gewohnt an diesem Tag und bis zur Schließung des Ladens mit all meiner Arbeits- und Muskelkraft zu einhundert Prozent zur Verfügung. Doch warum sollte in meinem Leben mal etwas glattgehen? Es kam für mich noch viel schlimmer. Viel, viel schlimmer! Um meine Miete zu bezahlen, nicht obdachlos zu werden, meinen Kühlschrank füllen zu können und nicht zu verhungern, musste ich mich arbeitslos melden."

„Hättest du nicht auf dein Erspartes zurückgreifen können?", hinterfragte Ronny.

„Natürlich hätte ich das." Jan schüttelte seinen Kopf.

„Jedoch wollte ich meinen Notgroschen unter keinen Umständen anbrechen. Ich schwang meinen Hintern also zum für mich zuständigen Arbeitsamt. Es sei mir verziehen, jedoch konnte ich mit der Bedeutung dieses Amtes wenig anfangen. Dieses Wort – *Arbeitsamt* – suggerierte mir naivem Ossi, dass die Angestellten, die Beschäftigten dieses Amtes mir Arbeit geben würden. Du lachst, Ronny. Doch bei uns gab es kein *Arbeitsamt*. Bei uns herrschte, wie ja schon erwähnt, offiziell

Vollbeschäftigung. Bei uns in der DDR gab es keine Arbeitslosen!

Peinlicherweise musste ich mich bezüglich der Begrifflichkeit *Arbeitsamt* und meiner damit verbundenen Ansicht, dass das Arbeitsamt ein Amt ist, in dem Arbeit vergeben wird, eines Besseren belehren lassen. Ich hatte mit den westlichen Verwaltungsapparaten keinerlei Erfahrung. Dass das Arbeitsamt lediglich die vielen Arbeitslosen verwaltet, dass es kein Amt ist, das vakante Arbeitsplätze an Arbeitssuchende vermittelt, habe ich sodann bei meinem Besuch in Erfahrung bringen dürfen. Auch wurde ich in dem Gespräch mit meiner für mich zuständigen, äußerst kundigen Tante von der Agentur für Arbeit bereits im zweiten Satz über die Prozedere im Amt in Kenntnis gesetzt. Wurde darüber aufgeklärt, dass sich jeder Arbeitslose seinen Arbeitsplatz gefälligst selbst besorgen muss. Habe des Weiteren in dem routiniert geführten Gespräch erfahren, dass Arbeitslose sogar die Pflicht haben, sich auf adäquate Stellenanzeigen zu bewerben. Mindestens fünf bis sechs Bewerbungen pro Woche musste ich nachweislich abgesandt haben, um meinen Anspruch auf das Arbeitslosengeld I nicht in Gefahr zu bringen. Oh, Ronny, was war ich fleißig! Ich schrieb innerhalb eines halben Jahres rund einhundertachtzig Bewerbungen. Ich habe mich als Dekorateur, Schaufenstergestalter, Raumausstatter im gesamten Raum Berlins und auch im breiten Speckgürtel rund um Berlin beworben. Schaufenstergestalter, Dekorateur habe ich ja schließlich mit Abschluss gelernt und habe in diesem Beruf erfolgreich viele Jahre gearbeitet. Ein anderes Betätigungsfeld kam für mich nicht infrage. Ich muss aus heutiger Sicht zugeben, dass ich extrem unflexibel war. Das rächte sich. Alle Bewerbungen, alle Bemühungen, in meinem alten Beruf im Westen Fuß zu fassen, verliefen im Sand. Ich wurde immer und immer wieder abgelehnt. Vier Mal kam ich dann doch tatsächlich in den Genuss eines Vorstellungsgesprächs.

Doch diese Gespräche waren nicht von dem erhofften Erfolg gekrönt. Sie würden sich bei mir melden, hatten sie mir gesagt. Ja, ja. Gemeldet hatten sie sich tatsächlich bei mir. Mit einer Absage nachfolgenden Wortlauts:

‚Sehr geehrter Herr Schmidt, leider müssen wir Ihnen mitteilen, dass wir uns für einen anderen Kandidaten entschieden haben.‘

Keine weiteren Angaben von Gründen. Schweinebande! War ja auch verboten. Das Antidiskriminierungsgesetz ließ grüßen. Pah! So eine Scheiße! Die Unternehmen hatten sich für einen anderen Kandidaten entschieden, da ich ein Ossi war. So sah es aus! Mein Traum vom großen Glück im Westen endete in einem jähen Erwachen.“

Harte Landung

„Mein karges Arbeitslosengeld reichte nicht einmal für das Nötigste. Ich hatte zu viel zum Sterben und zu wenig zum Leben. Notgedrungen stellte ich mich bei einer großen ausländischen Zeitarbeitsfirma vor. Diese agierte international." Jan geriet kurz ins Grübeln.

„Hm … ich glaube, sie agiert sogar immer noch international. Sollte mich wundern, wenn nicht." Jan hing seinen Gedanken nach, setzte sodann seine ausführliche Geschichte fort.

„Der Konzern hatte und hat noch in vielen Berliner Stadtbezirken – sowohl im Osten als auch im Westen – Niederlassungen. Konnte meiner Meinung nach, da er so breit aufgestellt war, nicht schlecht sein. Aufgeregt wie ein Primaner betrat ich am Donnerstag, den 3. Januar 1991 eine der Niederlassungen dieser Zeitarbeitsfirma in Berlin-Mitte. Ich weiß noch genau, dass es ein Donnerstag war, da ich die Tage zuvor hin- und hergerissen war, ob ich meinen Gedanken Taten folgen lassen sollte. In den ausklingenden Tagen des alten Jahres 1990 habe ich mich mit dieser zukunftsweisenden Entscheidung rumgeschlagen. Der 1. Januar 1991 war ein Dienstag, und den Mittwoch drauf habe ich den Hintern nicht vom Sofa hochbekommen, habe mir aber geschworen, den Tag darauf allen Mut zusammenzufassen und meine Zukunft in Angriff zu nehmen.

So kam es, wie es kommen sollte. Ich betrat nervös und angespannt das Treppenhaus, in dem die Zeitarbeitsfirma im ersten Obergeschoss des Bürohauses ansässig war. Schritt mit weichen Knien und Gummibeinen durch die große Glastür. Das Büro war groß. Riesengroß! Großraum halt. Grelles Neonlicht, blaue Auslegeware, ein Empfangstresen, sechs Schreibtische, vor denen jeweils ein Rohrstuhl mit schwarzem Polster stand. Es gab eine Besucherecke mit zwei runden Tischen und jeweils vier Rohrstühlen, auch schwarz gepolstert. Diverse Aufsteller mit Eigenwerbung standen rings in dem Büro herum. Ich weiß noch genau, wie mir die Knie zitterten, als ich auf den Empfangstresen zugegangen bin. Hinter dem Tresen stand eine füllige Brünette in Casual-Kleidung. Auf Anzug und Kostüm wurde in diesem Unternehmen offensichtlich kein Wert gelegt. Gut so. Das machte das Unternehmen für mich um ein Vielfaches sympathischer.

Hurra! Hier arbeiten Menschen und keine humanoiden Roboter, dachte ich mir damals. Mein erster Eindruck hatte mich übrigens nicht getäuscht. Für das Unternehmen würde ich immer wieder arbeiten! Ich erinnere mich noch an jede Einzelheit, als wäre es gestern gewesen.

,*Guten Tag. Was kann ich für Sie tun?*', richtete die dralle Brünette mittleren Baujahrs ihre Frage mit einem für mich nicht zu deutenden Unterton an mich. Ups!, ich schaute sie mir interessiert genauer an. Wie sie aussah, wie sie auftrat, wie sie gestikulierte … *Entweder ist sie eine Lesbe, eine Männerfeindin oder eine vertrocknete Schachtel jenseits der 1960er-Jahre,* schoss es mir damals bei ihrem Anblick blitzartig durch den Kopf. Diese oberflächlichen Gedanken waren meine groben Einschätzungen beim Füllen meiner imaginären Schubladen.

,*Ich suche Arbeit. Ich bin Gestalter für visuelles Marketing. Haben Sie unter Umständen eine Anstellung für mich?*', presste ich tapsig, unbeholfen, ohne zwischen den Sätzen auch nur ein einziges Mal Luft geholt zu haben, monoton hervor.

,*Immer langsam mit den jungen Pferden! Das kann ich Ihnen gar nicht sagen. Für die Beantwortung Ihrer Fragen bin ich nicht autorisiert. Ich bin lediglich die Empfangsdame. Für die kompetente Beantwortung dieser Arbeitsanfragen sind einzig unsere Personaldisponenten befugt. In Ihrem Fall ist unsere Personaldisponentin Frau Kramer zuständig. Sie betreut das komplette Handwerk*', entgegnete mir dieses dralle Weibsbild arrogant.

Dann fügte diese Frau noch süffisant hinzu: ,*Warten Sie, ich gebe Ihnen zunächst einmal einen Bewerbungsbogen.*' Prompt wühlte die Frau, die nicht zu mollig für ihre Figur, sondern einfach nur zu klein für ihr Gewicht war, in einem Stapel blauer DIN-A4-Bögen. Warten? Was hatte ich schon anderes zu tun? Was bitte hätte ich sonst tun sollen?" Jan zog seine linke Augenbraue hoch.

„Eilig überreichte mir die Brünette einen dieser großen blauen DIN-A4-Bögen. Die komische Olle wollte mich bestimmt nur loswerden.

,*Diesen Bogen füllen Sie bitte auf beiden Seiten aus. Nehmen Sie dafür doch bitte auf einem unserer Besucherstühle Platz. Ich werde Sie gleich bei Frau Kramer anmelden. Wenn Sie den Bewerbungsbogen fertig ausgefüllt haben, geben Sie mir bitte Bescheid. Haben Sie auch an das Zeugnis Ihrer letzten Tätigkeit gedacht?*', fragte mich die Frau mit einer Oberweite, die ihresgleichen suchte, leicht genervt.

,*Ja, habe ich*', gab ich ihr zur Antwort. Ich war ja völlig wuschig von ihren Möpsen. Wusste gar nicht mehr, wo ich hingucken sollte. Das hatte die Olle bestimmt auch bemerkt. Selbst schuld, wenn Frau ihre Kronjuwelen so in der Auslage präsentiert, dass sie fast aus dem Ausschnitt fallen, dann darf Frau sich auch nicht wundern, wenn diese von Mann angestarrt werden. Jedoch im Nachhinein ganz schön peinlich. Bei uns im Osten gab es damals keine ,gemachten' Möpse. Ronny, du kannst mir nicht erzählen, dass Doppel D eine Laune der Natur ist. Ich denke eher, hier hatte ein notgeiler Chirurg gekonnt an Mutter Naturs Werk seine Hand angelegt.

,*Gut. Dann setzen Sie sich jetzt bitte in unsere Besucherecke, füllen den Bogen aus, und wenn Sie fertig sind, bringe ich Sie zu Frau Kramer*', fauchte mir das Superweib leicht aggressiv zu und reichte mir zusätzlich zu dem blauen Bewerbungsbogen noch eine Klarsichtmappe. Zeigte mit ihrer rechten Hand erneut auf die mir bereits nur wenige Sekunden zuvor zugewiesene Stuhlecke. Ich weiß noch, dass ich laut loslachen musste. Diese Tante war typisch Wessi. Stand völlig unter Strom. Warum behandelte sie mich wie ein kleines Kind? Sah ich so bescheuert aus? War ich ihr so zuwider?

Brav setzte ich mich wie befohlen in die Besucherecke. Diese befand sich an einem der Fenster der langen Fensterfront des Großraumbüros. Das Ausfüllen des Bogens, beider Seiten des Bogens, dauerte rund zehn Minuten. Eher weniger. Ich bin zwar Ossi, konnte dennoch, trotz manch anders lautender Vermutungen seitens einiger Wessis, lesen und schreiben. Mein Gehirn war und ist noch zu einhundert Prozent in Ordnung. Auch bin ich durchaus der deutschen Sprache mächtig. Dennoch gab es ein Problem. Als ich den Bogen ausgefüllt hatte, konnte ich ihn nicht abgeben. Der Tresen war besetzt. Ein dicker, älterer Mann, vielleicht Mitte bis Ende fünfzig, schwer einzuschätzen, fing lautstark an, mit der Drallen zu diskutieren. *Gut. Dann eben nicht*, dachte ich mir. Ich habe mich sodann artig wieder auf meinen Stuhl gesetzt und gewartet. Warten war ich ja zeit meines bisherigen Lebens gewohnt.

Ich lehnte mich also zurück und betrachtete in aller Ruhe den gesamten Laden höchst interessiert. Dabei fiel mir auf, dass hinter mir ein Glaskasten war. In diesem saß ein Mann. Wie alt mag er gewesen sein? Ich schätzte den Typen auf Mitte bis Ende vierzig. Groß, schlaksig, schütteres Haar, ganz businesslike im Anzug. Sein Anzug sah in meinen Augen ziemlich teuer aus. Wir ehemaligen DDR-Bürger tragen in uns genetisch verankert das Vorurteil, dass männliche Wessis gerne in Schlips und Kragen auftreten. Ich fühlte mich in unserem Vorurteil komplett bestätigt. Der von mir ganz klar als Willi Wichtig beurteilte Mann telefonierte ganz intensiv. Also doch *Master of Business*? Der schlaksige Typ schien der Vorturner dieses riesigen Ladens zu sein. Ich konnte beobachten, dass so mancher

Disponent ihn aufsuchte, um das eine oder andere abzuklären. Hierbei wurde selbstverständlich die Glastür gegen Lauschangriffe von außen geschlossen. Ich konnte dennoch hören, was gefragt und geantwortet wurde. Verstanden habe ich inhaltlich jedoch nicht ein Sterbenswörtchen.

In dem Großraumbüro ging es hektisch zu, wie in einem Taubenschlag. Bewerber wie ich kamen und gingen. Offensichtlich Beschäftigte des Unternehmens suchten ihren jeweiligen Disponenten auf, ohne sich vorher an dem Tresen anzumelden. Diese Handlungsweise schien ein übliches Verfahren zu sein. Sie latschten ohne Umschweife auf die jeweiligen Schreibtische ihrer Disponenten zu. Gaben, dort angekommen, zum Beispiel ihre Einsatznachweise ab. Holten sich neue Einsatzzettel, ließen sich neue Arbeitseinsätze oder Arbeitskleidung geben oder machten wer weiß noch was. Als ich erneut zum Tresen sah, war die dralle Brünette abgelöst worden. Vielleicht hatte sie Pause? Egal. Der Anblick der jetzigen Angestellten war ein deutlich besserer. Jetzt stand ein junges, hübsches Mädchen, schätzungsweise siebzehn oder achtzehn Jahre alt, am Empfang. Vermutlich die Auszubildende.

,*Ja bitte?*', fragte mich das Küken mit einem piepsigen, kaum hörbaren Stimmchen.

,*Guten Tag. Mein Name ist Schmidt. Jan Schmidt. Ich möchte mich bei Ihnen bewerben. Ich bin Dekorateur. Ihre Kollegin, die vor Ihnen an diesem Tresen stand, bat mich, einen Bewerbungsbogen auszufüllen. Sie wollte mich sodann Frau Kramer vorstellen*', gab ich ihr, wie ich fand, nett zur Antwort.

,*Okay, einen Augenblick bitte. Frau Kramer ist gerade in einem Bewerbungsgespräch. Wenn Sie bitte noch einen Augenblick auf unseren Besucherstühlen Platz nehmen wollen? Ich rufe Sie auf, sobald Frau Kramer frei ist*', antwortete mir die Kleine desinteressiert. Ob du es glaubst oder nicht, ich fühlte mich verarscht. Was machte ich? Ich blieb ruhig, blieb gelassen, cool wie ein Eisbein." Jan klopfte sich stolz auf seine rechte Schulter.

„Ich sagte nichts. Zog mich kommentarlos auf meinen immer noch freien Stuhl zurück. Auf diesem musste ich noch rund weitere zehn Minuten warten, bevor ich endlich aufgerufen wurde.

‚Herr Schmidt? Kommen Sie bitte? Frau Kramer ist nun frei‘, tönte die kleine Blonde nun gut hörbar durch das Großraumbüro in meine Richtung. Ich stand auf. Die junge, hübsche schlanke Blonde zeigte mit ihrem rechten Zeigefinger auf einen freien Schreibtisch, hinter dem eine kleine, zierliche Dunkelhaarige mit einer frechen Bobfrisur lächelnd auf mich wartete. Ich setzte mich in Richtung der kleinen Sahneschnitte in Bewegung. *‚Herr Schmidt?‘*, fragte mich die kleine, zierliche Person nett lächelnd und begrüßte mich mit einem festen Handschlag. Wow! Was ich sah, gefiel mir, kann ich dir sagen. Was war diese Frau für eine Granate! Leider zeigte sie bedauerlicherweise keinerlei Interesse an mir. Das Einzige, was sie von mir wollte, war meine Klarsichtmappe mit meinen Unterlagen.‘

‚Geben Sie mir bitte die Klarsichtmappe. Ich schau mir ihre Unterlagen an‘, forderte dieses Persönchen mich auf. Prompt stand sie auf und griff, ohne meine Reaktion abzuwarten, zu meinen Unterlagen, die ich in meiner rechten Hand hielt.

‚Dann werde ich mal sehen, was ich für Sie tun kann. Vielen Dank für Ihr Vertrauen‘, flötete mir die nette Disponentin sodann noch mit einem Siegerinnenlächeln zu. Sie setzte sich zurück auf ihren Platz und sichtete meine Bewerbungsmappe mitsamt dem ausgefüllten Bewerbungsbogen.

‚Hm. Sie haben bisher einzig als Gestalter für visuelles Marketing gearbeitet. Kommen aus dem Osten. Dekorateure oder auch Gestalter für visuelles Marketing sind bei uns nicht gerade gefragt. Wären Sie auch bereit, in einem anderen Bereich zu arbeiten? Vielleicht im Lager?‘, fragte sie mich interessiert. Ob du

es glaubst oder nicht, ich spürte plötzlich ein Ohrensausen. Ich glaubte nicht, was ich gehört hatte. Diese Frage konnte doch nun wirklich nicht ihr Ernst sein. Ich war total entsetzt. Im Lager?

‚Nein! Im Leben gehe ich in kein Lager!‘, schrie ich ihr lauter als in Zimmerlautstärke entgegen. So aufgeregt war ich. Ich verlor für einen kurzen Augenblick die Beherrschung. Als ich mich umsah, sah ich die erschrockenen Blicke der anderen Bewerber und Mitarbeiter im Raum. In dem Moment merkte ich, dass ich komplett die Kontrolle über mein Handeln verloren und die weiteren Mitbewerber und Angestellten in dem Großraumbüro recht gut unterhalten hatte. Ich erinnerte mich an meine gute Kinderstube und entschuldigte mich bei der Schönheit für meine verbale Entgleisung. Ich war jedoch so aufgeregt, dass ich von dem Stuhl, auf dem ich gesessen hatte, aufsprang. Tiefe Verzweiflung kam in mir hoch. Die kleine Hübsche bemerkte meine Aufregung. Geschult, wie diese Menschen in diesen Positionen sind, beschwichtigte sie mich.

‚Okay, okay, ich habe verstanden. Keine Lagertätigkeit. Schauen wir doch mal, was ich sonst für Sie tun kann‘, sagte das schmale, enorm begehrenswerte Geschöpf und blätterte in einem Stapel Papiere, der vor ihr auf ihrem Schreibtisch lag. Die Art und Weise, wie sie den Stapel sichtete, ließ mich erahnen, dass es sich hier offensichtlich um offene Kundenaufträge handelte. Nach einer kleinen Weile, nach für mich gefühlten Stunden schlug sie mir vor:

‚O ja! Vielleicht wäre das ja etwas für Sie. Wir suchen gerade eine Aushilfe für eine Baumarktkette. Wenn Sie Lust hätten – Sie waren Dekorateur oder wie man es bei Ihnen nannte: Gebrauchswerber –, hätten Sie nun die Möglichkeit, Ihr handwerkliches Geschick in einem Baumarkt unter Beweis zu stellen. Aber setzen Sie sich doch bitte wieder.‘ Ronny, ob du es glaubst oder nicht, ich hatte nicht bemerkt, dass ich immer noch stand. Mir war

ihre Aufforderung, mich wieder hinzusetzen, schon ganz schön peinlich. Ich stand also immer noch, wie zu einer Salzsäule erstarrt, vor dem Schreibtisch der kleinen Frau. Ich setzte mich nach ihrer Bemerkung gehorsam wieder auf meinen bequemen, schwarz gepolsterten Stahlrohrstuhl. Das hätte ich mir in meinen kühnsten Träumen niemals vorstellen können. Ronny, ich, eine qualifizierte Fachkraft als Aushilfe, als Hiwi vom Dienst im Baumarkt. Doch erstens kommt es anders und zweitens als man denkt. Meine mir gegenübersitzende Disponentin faselte: ,Sie können gerne noch über mein Arbeitsangebot nachdenken. Ich gebe Ihnen meine Visitenkarte mit und Sie melden sich, wenn Sie mögen, innerhalb der nächsten zwei Tage bei mir. Sollte ich jedoch bis nächste Woche Mittwoch nichts von Ihnen hören, nehme ich Sie in meine Bewerberkartei auf. Ich werde mich dann bei Ihnen telefonisch melden, sobald ich einen adäquaten Job für Sie habe.' Ich bekam Panik. Hitze stieg in mir auf. Kennst du das auch? Hitzewallungen vor den Wechseljahren. Ein wirklich doofes Gefühl. Diese schicke Disponentin beendete unser Gespräch, stand von ihrem Stuhl auf und reichte mir galant sowohl ihre Visitenkarte als auch ihre rechte Hand zum Abschied. Wumm!, ihre nonverbale Keule hatte eine ganz schöne Schlagkraft. Ronny, ich kann dir sagen, das saß, mir wurde umgehend bewusst, dass ich nett hinauskomplimentiert werden sollte."

„Und was hast du ihr geantwortet?" Ronny war gespannt auf Jans Antwort.

"Ich brauch keine Bedenkzeit. Ich versuche es', entgegnete ich ihr schnell. Was hatte ich schon zu verlieren außer meinem Stolz? Mit meiner schnellen positiven Rückmeldung trotzte ich meinem Rausschmiss und blieb, für sie völlig unerwartet, auf meinem Stuhl sitzen. Die hübsche kleine Frau strahlte mich an wie die aufgehende Sonne.

,Sehr gut. Haben Sie Zeit mitgebracht?', fragte sie mich gut gelaunt. Natürlich hatte ich Zeit. Was für eine dämliche Frage, *ich* war arbeitslos! Ohne meine Antwort abzuwarten, redete die kleine Dunkelhaarige weiter auf mich ein.

,*Wir machen dann einen Arbeitsvertrag miteinander. Haben Sie Ihren Personalausweis dabei? Vielleicht auch noch den Führerschein? Besitzen Sie auch einen Staplerschein?*', löcherte mich dieses feengleiche Wesen mit einem Augenaufschlag … mein Lieber, ich kann dir sagen … Natürlich hatte ich meine kompletten Papiere dabei! Einen Staplerschein besaß ich allerdings nicht. Wie auch? Ich war gelernter Gebrauchswerber.

,*Bis auf einen Staplerschein habe ich alle Dokumente dabei. Einen Staplerschein besitze ich jedoch nicht*', schoss es wie die Salve eines Maschinengewehrs blitzschnell aus mir heraus.

,*Sehr gut. Dann kann es losgehen. Der Staplerschein ist auch nicht zwingend notwendig. Wäre lediglich schön gewesen*', war ihre karge Antwort. Ohne mich weiterhin eines Blickes zu würdigen, setzte sich die zierliche Person an ihren Rechner und gab meine Daten, die sie sowohl dem Personalausweis, übrigens schon dem neuen, als auch meinem Bewerbungsbogen entnahm, ein. Schnell und geübt glitten ihre schmalen zarten Finger über die Tastatur des Rechners. Dann und wann gab sie während der Eingabe meiner Daten zufriedene Laute von sich. So besiegelte ich an dem Donnerstag, den 3. Januar 1991 meine Zukunft. Unterschrieb den Arbeitsvertrag bei der großen Zeitarbeitsfirma meiner Wahl.

Das erste Mal betrat ich am Montag, den 7. Januar 1991 eine mir bis dato völlig unbekannte Arbeitswelt. Unsicher und mit hochrotem Kopf lief ich durch den Baumarkt auf der Suche nach dem Filialleiter. Als ich endlich auf ihn traf, nahm dieser mich, anders als einige meiner neuen Kollegen, nett in Empfang. Nach nur wenigen Tagen machten sich meine verehrten Kollegen über meine Arbeitshaltung lustig. Ich war das Dauerpowern der freien Marktwirtschaft halt nicht gewohnt. Zog gerne auch mal die eine oder andere

Pause ein wenig mehr als gesollt in die Länge. So war ich es ja gewohnt.

Jetzt verrate ich dir mal die Öffnungszeiten unseres Centrum-Warenhauses: montags, mittwochs, donnerstags und freitags von acht Uhr dreißig bis achtzehn Uhr. Dienstags öffneten unsere Pforten sich erst um neun Uhr dreißig. Zuvor genossen wir jeden Dienstag vor der Öffnung handelspolitische Schulungen. Samstags öffneten wir schon um acht Uhr dreißig, schlossen unsere Türen jedoch schon um elf Uhr dreißig. Viele Centrum-Warenhäuser, auch mein Warenhaus, haben tatsächlich bei größeren Warenlieferungen den Laden geschlossen. Wir, die Genossen, sollten ganz in Ruhe die Regale einräumen. Tja. So sah das Arbeiten bei uns im Osten aus. Bei meinem alten Arbeitgeber, dem Centrum-Warenhaus, hatte sich kein Vorgesetzter weder über meine Arbeitshaltung noch über eine mangelnde positive Arbeitseinstellung meinerseits und meiner Genossen beschwert.

Das lief nunmehr hier, bei meinem Arbeitgeber im Westen, ganz anders. Meine netten, hilfsbereiten Kollegen schwärzten mich bei diversen sich bietenden Gelegenheiten bei meinem Vorturner an. Da ich *nur* Leiharbeiter war, wurde ich nach dem x-ten Verpfeifen von dem Filialleiter in dessen Büro gerufen und zusammengestaucht. Ich musste mir anhören, dass im Westen andere Arbeitsmethoden und eine andere Arbeitseinstellung als im Osten herrschen würden … womit er ja durchaus recht hatte. Auch drohte mir mein Filialleiter, mich durch einen anderen Mitarbeiter der Zeitarbeitsfirma ersetzen zu lassen, so ich mich nicht an die Arbeitsgepflogenheiten des Westens anpassen würde. Ich bekam Panik! Ich klotzte in dem Baumarkt für gerade einmal sechs Euro und einundneunzig Cent brutto die Stunde. Mehr zahlte mir die Zeitarbeitsfirma nicht. Doch ich will mich nicht beschweren oder rausreden, ich war zufrieden. War nicht mehr arbeitslos. Der Filialleiter hatte mit seinem Anschiss recht. Ich musste tatsächlich an meiner lockeren Arbeitseinstellung feilen. Zum Glück brauchte ich nur eine kurze Akklimatisierungsphase und kam bereits sechs Wochen nach dem Anschiss mit dem an mich gestellten Arbeitspensum super klar.

Bei euch war schon damals alles klar geregelt. Gewerkschaftlich, tariflich. Bei uns gab es selbstverständlich auch eine Gewerkschaft. Diese hegte jedoch nicht die geringste Absicht, sich für uns Arbeitnehmer einzusetzen. Ganz im Gegenteil. Der Gewerkschaftsapparat war ein Bestandteil und ein Instrument des politisch-ideologischen Machtgefüges der SED und war – wie andere Massenorganisationen in unserer ehemaligen Republik – zentralistisch-hierarchisch schön straff bis ins kleinste Glied durchorganisiert. Die kleinste Einheit war die Gewerkschaftsgruppe, dem die Mitarbeiter, staatlichen Leiter und Parteifunktionäre eines Arbeitsbereichs angehörten. Aus diesem Kollektiv wurden die Vertrauensleute – ideologisch verlässliche Kollegen – als unterste FDGB-Funktionäre nominiert und in offener Abstimmung gewählt. Bei uns gab es offiziell die 42,5-Stunden-Woche. Aus dieser Wochenarbeitszeit ergaben sich unsere Arbeitszeiten in den Betrieben. Tarifliche Absicherungen durch den Arbeitgeber, wie ihr sie kennt, hatten wir jedoch nicht. Klar hatten wir Tarife. Diese waren jedoch, wie alles andere auch, staatlich geregelt. Das Arbeitsrecht in der DDR ordnete sich in die Gesamtheit der staatlichen Gesetze ein. Es gab Verordnungen, unter anderem Regelungen zur Gestaltung und Entwicklung der Arbeitsverhältnisse zwischen den Werktätigen und den Betrieben in der DDR. Tja, Ronny, da staunst du nicht schlecht, nicht wahr?"

Im Westen viel Neues

„Ich bin in dem gelöschten und ausradierten Paralleldeutschland, der Deutschen Demokratischen Republik, aufgewachsen. In meiner alten (Arbeits-)Welt war das Warenangebot äußerst überschaubar. Somit erklärt es sich bestimmt von selbst, dass ich mich erst einmal in dem unglaublich umfangreichen Warensortiment, dem totalen Überangebot an Waren, in meiner neuen (Arbeits-)Welt einarbeiten und zurechtfinden musste. Für mich waren sowohl die Aufbauanleitungen als auch die Beschreibungen vieler Produkte mangels Sprachkenntnissen nicht lesbar. Diese waren in englischer Sprache geschrieben. In meinem Deutschland war als zweite Sprache das Erlernen des Russischen Pflicht. Ihr, die westdeutschen Schüler, habt Englisch, *die* Weltsprache, als zweite Sprache gelernt. Ihr konntet wahlweise noch Französisch, Spanisch und alles, was sonst noch an Fremdsprachen auf dem Lehrplan steht, auf den weiterführenden Schulen oder später im Studium erlernen."

Jan wechselte seine Gesichtsfarbe von einem hellbraunen Teint in ein sattes Rot.

„Das gab es in der ehemaligen DDR nicht", ereiferte er sich. Seine Erregung war für Ronny unübersehbar. Jan war immer noch, auch nach all den Jahren, zutiefst verletzt. Auch nach so langer Zeit saß der implizierte Stachel seiner ihn einst schikanierenden Kollegen des Baumarkts noch tief.

„Diese Idioten, mir war die englische Sprache völlig fremd. So mancher meiner verehrten Kollegen laberte und lästerte über mich, wenn ich mal wieder einen Fachausdruck aus dem Englischen nicht zuordnen oder mit dem einen oder anderen Begriff nichts anfangen konnte. Von freiwilliger Unterstützung bezüglich meiner Sprachverständnisprobleme bei meinen Kollegen keine Spur. Ganz im Gegenteil! Die Dummbratzen laberten und lästerten, was das Zeug hielt. Jedoch noch schlimmer als die lauten Schnacker waren die versteckten, die heimlichen Lästermäuler. Wenn ich von dem einen oder anderen Artikel, den ich noch nie zuvor in meinem Leben gesehen, geschweige denn von diesem überhaupt gehört hatte, den Namen und die Funktion wissen wollte, schnappte ich mir einen meiner *liebenswerten* Kollegen. Mit der Beantwortung meiner Fragen und der Schließung meiner Wissenslücken trat ich bei dem einen oder anderen Kameraden offensichtlich eine gigantische Lawine los. Umgehend nach der Beantwortung meiner Fragen machte sich manchmal einer von diesen Spezies schnell aus dem Staub. Doch nur, um sich arglistig hinter meinem Rücken bei seinen Verbündeten über meine *Dummheit*, meine *Unkenntnis* auszulassen. Oft spürte ich, wie sich der eine oder andere abschätzige Blick meiner Teamkollegen in meinen Rücken bohrte.

Doch schlimmer als die, die hinter meinem Rücken gegen mich wetterten, waren die, die mich gerne des Öfteren direkt bei meinem Chef denunzierten. Sehr zu meinem Glück ohne den von diesen Idioten angepeilten gewünschten Erfolg. Auch wurde ich in der Anfangszeit oft genug von einem meiner vielen kommenden und gehenden Kollegen als Stasischwein beschimpft. Ein Ostdeutscher war ich tatsächlich, aber nicht jeder Ossi war auch bei der Stasi! Ich fühlte mich in dem Team lange als ein Mensch zweiter Klasse. Fühlte mich wie das fünfte Rad am Wagen.

Doch ich hatte Glück. Fand in der tiefen Not einen Verbündeten, meinen Chef, den Filialleiter. Der Filialleiter war ein feiner Kerl. Wie alt mochte er gewesen sein? Mitte bis Ende vierzig vielleicht. Der Mann war leicht untersetzt und hatte immer ein Lachen im Gesicht. Mein Boss war schon ein Schelm. Ich weiß nicht, wie er es gemacht hat, jedoch wirkte er, wenn er mit mir sprach, nie aufgesetzt. Vielleicht sah er in mir auch einen Sohn, den er nie hatte, wer weiß? Dieser tolle Vorgesetzte war komplett vorurteilsfrei. Er hatte zudem keinerlei Probleme mit meinen mangelnden Sprachkenntnissen im Englischen. Hatte ferner auch kein Problem mit meiner anfänglichen Produktlegasthenie. Immerhin war ich, falsch, bin ich ein Improvisationstalent. Wenn ich jetzt, im Nachhinein, darüber nachdenke, war der eine oder andere meiner ehemaligen Kollegen lediglich neidisch auf mein Improvisationstalent. Wir waren es jedoch von drüben nicht anders gewohnt. Wir mussten immer viel basteln, um unsere Dekorationen in unserem Laden und auf unseren Ladenflächen aufbauen zu können. Wir litten unter chronischer Materialknappheit aller Art. Alles war sehr, sehr knapp bei uns auf der anderen Seite.

Waren Schrauben in *meinem* Baumarkt nicht passend vorrätig, ein Teppich verschnitten, ein Brett zu schmal oder zu groß, ich wusste mir immer zu helfen. Der Filialleiter hat mir nach meinen anfänglichen Anlaufschwierigkeiten zu meiner riesengroßen Überraschung – ich nehme an, auch zur Überraschung vieler Mitarbeiter aus der Belegschaft – eine Übernahme in Aussicht gestellt. Das war eine große Chance für mich. Diese wollte ich mir unter keinen Umständen durch Dummheiten versauen. Ungeachtet der vielen Sticheleien und Seitenhiebe meiner fest angestellten westdeutschen Kollegen, die ein Vielfaches von dem verdienten, was ich am Monatsende nach Hause brachte, hielt ich tapfer durch."

Jan klopfte sich begeistert auf seine linke Schulter.

„Der Filialleiter war von meinen Fähigkeiten komplett überzeugt und ließ mich nicht mehr gehen. Löste mich, wie von ihm am Anfang meiner Beschäftigung in Aussicht gestellt, nach einem halben Jahr als Leiharbeiter mit einer zuvor ausgehandelten Ablöseprämie bei meiner Zeitarbeitsfirma aus. Ich wurde von der Baumarktkette übernommen. Das Beste: Ich bekam meinen ersehnten Festvertrag – unbefristet. Mensch, zwanzig Jahre ist das nun schon her. Mittlerweile bin ich selbst seit Jahren Filialleiter. Bin immer noch im selben Unternehmen tätig und verdiene mittlerweile ganz ordentlich. Klar, mehr geht immer. Aber ich kann sagen, dass mir meine Arbeit nach wie vor Spaß macht. Ich bin heute mit mir und meinem Job rundum zufrieden. Zufrieden auch dank der großen mentalen Unterstützung Sylvias. Die Ärmste hat sich mein Gejammer und Gejaule oft genug anhören müssen. Sie war es, die mich immer wieder aufbaute und mir oft half, mein abhandenge-kommenes Selbstvertrauen zurückzugewinnen."

Resümee nach 25 Jahren Maueröffnung

„Sorry, ich bin abgekommen, mal wieder! Mein Fazit nach über fünfundzwanzig Jahren Maueröffnung? Den einstigen DDR-Bürgern blies Anfang der 1990er-Jahre der Westwind eiskalt entgegen. Viele Ostdeutsche wurden nach kurzer Zeit der Maueröffnung von den Urwestdeutschen als *Ossis* diskriminiert. Viele Ostdeutsche beschimpften wiederum ihre Mitbürger, die Westdeutschen, als *Wessis*. Die Unzufriedenheit der Menschen im Westen wurde durch den großen, den gefühlt nie enden wollenden Zustrom der 16.675.000 in Ostdeutschland lebenden Ostdeutschen in den goldenen Westen groß und größer.

Bedingt durch die hohe Schwemme der Ossis in den Westen und durch die Wessis, die schon vor der Wende keiner bezahlten Beschäftigung nachgingen, folgte ernüchternd eine große Welle der Arbeitslosigkeit vieler Ostdeutscher im Westen. Besser gesagt, im wiedervereinten Deutschland. Arbeitslos waren plötzlich ehemals arbeitende Menschen aus Ostdeutschland, die in der Mitte ihres Lebens, weit vor ihrem errechneten Rentenalter, plötzlich und unerwartet nach der Wende ohne Arbeit zu Hause saßen. Die aufgrund ihres Alters, wegen mangelnder Kompetenz oder mangelnder Einsatzbereitschaft oder warum auch immer abgeschrieben wurden von den westlichen Arbeitgebern. Deren gesamtes berufliches Lebenswerk nach der Wende als wertlos galt. Deren Arbeitsplätze es im Osten Deutschlands nicht mehr gab. Ihre Arbeitslosigkeit war der Tatsache geschuldet, dass sowohl die Fabriken und Ämter als auch die beiden Handelsorganisationen der DDR, die neben den Warenhäusern und Kaufhallen auch Gaststätten betrieben, nach der Maueröffnung, nach der Wiedervereinigung komplett von der Bildfläche verschwanden. Doch es gab auch

Akademiker, die ‚das Falsche‘ studiert hatten. Die quasi über Nacht arbeitslos wurden. Die sich von einer Arbeitsbeschaffungsmaßnahme zur nächsten retten mussten. Die jeden Aushilfsjob annehmen mussten, der sich ihnen bot.

Unsere Seite Deutschlands war nach fünfundzwanzig Jahren Misswirtschaft und Ausbeutung komplett marode. Vieles lag im Osten der Republik im Argen. Fast unsere gesamte Wirtschaft lag damals brach. Viele Autobahnen, Straßen und Bahnstrecken waren vom Ausbaustandard auf dem Niveau der 1940er-Jahre. Diese waren in den 1950er-Jahren eher schlecht als recht und wenn, dann nur äußerst notdürftig repariert worden. Zudem war unser komplettes Verkehrsnetz extrem stark vernachlässigt. Die Fernstraßen, das Gegenstück zu den westdeutschen Bundesstraßen, waren tatsächlich noch im Jahre 1990 vor allem auf dem Land über weite Strecken lediglich gepflastert und nicht geteert vorzufinden. Unsere Fernstraßen wiesen zudem zahlreiche Schlaglöcher auf. Wie du dir vielleicht vorstellen kannst, war ein zügiges Befahren mit euren Luxuskarossen nicht möglich. Davon abgesehen durftet ihr Wessis sowieso unsere Transitstrecken zur Blütezeit bis zur Wende offiziell nicht verlassen. Eine Zuwiderhandlung konnte mit diversen Strafen geahndet werden.

Den DDR-Staat gibt es seit mehr als fünfundzwanzig Jahren nicht mehr. Gestrichen wurde er aus allen Landkarten. Gestrichen aus den Atlanten, aus den Globen und auch aus den Weltkarten. Unser gesamter Häuser- und Städtebau war zudem schwer gezeichnet vom Niedergang der DDR. Des Weiteren zeigten die vielen grauen Mehrfamilien- und Einfamilienhäuser unverkennbar die morbide Finanzlage unserer einstigen Republik. Doch was noch schlimmer war: Vielfach fehlte jedweder Komfort in unseren maroden Mehrfamilienhäusern. Viele Häuser waren zu einem Drittel baufällig. Es war – ich weiß, ich wiederhole mich mal wieder –, als hätte man bei uns im

Osten den Nachkriegszustand konserviert. Aus der damaligen großen finanziellen Misere aufgrund des Wiederaufbaus Ost wurde der viel gehasste Solidaritätszuschlag geboren. Wie du weißt, war es eine zunächst vom 1. Juli 1991 bis 30. Juni 1992 befristete Zwangsabgabe. Wobei man fairerweise feststellen muss, dass den Soli alle Deutschen zahlen mussten und immer noch müssen. Kennst du auch die vielen Aufs und Abs des Solis?" Jan sah Ronny fragend an.

„Nein. Wieso Aufs und Abs? Höre ich zum ersten Mal." Ronny schien leicht überfordert.

„Na, dann hör mal zu." Jan holte aus.

„Er, der Soli, betrug 7,5 Prozent der Einkommen- beziehungsweise der Körperschaftsteuer. Für die Jahre 1991 und 1992 wurden in Summe jeweils 3,75 Prozent der Einkommen- beziehungsweise der Körperschaftsteuer zusätzlich als Solidaritätszuschlag erhoben, da er in jenen Jahren nur für sechs Monate zu erheben war. In den Jahren 1993 und 1994 wurde der Solidaritätszuschlag ausgesetzt. Dann im Jahr 1995 wieder eingeführt. Von 1995 bis 1997 betrug der Zuschlag 7,5 Prozent. Seit dem Jahr 1998 beträgt er nun 5,5 Prozent. Ich kann mir gut vorstellen, wie *vorbehaltlos begeistert* alle Westdeutschen gewesen sein müssen, an dem Wiederaufbau aktiv beteiligt zu werden. Durch die Einführung dieser Zwangsabgabe wurde die sowieso angespannte Situation zwischen hüben und drüben noch prekärer.

Ich glaube, dass viele Menschen angenommen haben, dass der Soli ausschließlich in den Ostaufbau floss. Weit gefehlt! Die Einführung des Solidaritätszuschlags 1991 wurde vorwiegend mit den Kosten der deutschen Einheit begründet, jedoch nicht nur für diese verwendet! Auch durch die zusätzlich anfallenden Kosten des Golfkriegs, der *Operation Desert Storm* und seinen Folgen sowie durch die Unterstützung der mittel-, ost- und südosteuropäischen Länder wurde unser aller Soli großzügig verbraten."

„Ist jetzt nicht dein Ernst! So also schmeißen unsere Volksvertreter mit unseren Steuergeldern um sich." Ronny war erstaunt. Das hatte er nicht gewusst.

Jan hielt kurz inne, zog noch einmal gierig an seiner Zigarette, um sodann mit seiner Darstellung der deutsch-deutschen Geschichte fortzufahren.

„Ich kann mir gut vorstellen, wie ihr genervt wart, wenn ihr in den Osten Deutschlands gefahren seid. Wenn ihr die wiederaufgebauten Städte und Autobahnen als auch die Bundesstraßennetze gesehen habt … und im Westen Deutschlands gab und gibt es für die Instandsetzungen und den Ausbau der Autobahn- und Bundesstraßennetze immer weniger Geld. Gemeinden, Kommunen und auch der Bund jammern und klagen über fehlende Steuereinnahmen. Ihr Westdeutschen zeigtet uns ja eure *große* Begeisterung über diese Zwangsabgabe mit einer Flut von Klagen, die bei den zuständigen Gerichten eingingen und noch immer eingehen. Ebenso mit einer Flut von Demonstrationen und einer nicht enden wollenden Anti-Ost-Haltung. Doch warum?, frage ich dich. Was kann denn der einzelne Ostdeutsche dafür, dass das ganze System des erloschenen DDR-Staates komplett korrupt war? Ich frage dich, lieber Ronny, was kann der kleine, unwissende Pöbel dafür, dass unsere gesinnungslosen, opportunistischen Leithammel in die eigene Tasche gewirtschaftet haben?"

Ronny schaute Jan bedröppelt durch seine leicht beschlagenen Brillengläser an. Blieb Jan die Beantwortung seiner Frage schuldig. Jan setzte seine Erzählung fort.

„Wir kleinen Bürger waren doch nur Marionetten unseres Regimes. Unsere komplett durchgeknallte Staatsmacht hatte den *bescheidenen* Anspruch, in Bezug auf die Herrschaft der einzig richtigen Weltanschauung in allen politischen, wirtschaftlichen und gesellschaftlichen Fragen über die alleinige Entscheidungskompetenz zu verfügen. Auch hat die Partei mit hilfe von Massenorganisationen einschließlich eines entsprechenden Überwachungsorgans permanent versucht, uns, die Bevölkerung, von der Richtigkeit ihrer Ideologie zu überzeugen. Wenn nötig unter Anwendung von Zwang. Nicht umsonst geht, wenn von der DDR gesprochen wird, diese mit der Erziehungsdiktatur einher. Aufgrund dieser Zielsetzung wurde auch vor der Umerziehung eines jeden Einzelnen nicht haltgemacht. Der ideologische Gedanke seitens unserer Obrigkeit lautete: Es sollte eine komplett neue Gesellschaft entstehen. Über Bildungsinstitutionen wie Kindergärten, Schulen, Lehrwerkstätten, Universitäten hinaus waren wir den politisch-ideologischen Ansprüchen unserer Herrscher bis ins Privatleben mit Haut und Haaren ausgesetzt.

Das vereinte Europa redet von Immigration und Integration seiner vielen Ausländer? Wie lächerlich! Was für hochgesteckte Ziele! Wird das mächtige Deutschland doch bisher seiner seit mehr als fünfundzwanzig Jahren anhaltenden innenpolitischen Probleme nicht einmal Herr! Die ehemaligen Ostdeutschen sind in dem vereinten Deutschland gefühlt immer noch Bürger zweiter Klasse. Diskriminierung kennt keine Nationalität! Fünfundzwanzig Jahre nach dem Mauerfall sind die Reste des antifaschistischen Schutzwalls Kunst und die Überreste des einstigen ‚Actionstars' Honi tatsächlich Kult! Der Wunsch des einstigen deutschen Bundeskanzlers Willy Brandt: ein vereintes Europa. Über diese Worte kann ich nur lachen! Realität ist: 2014 stolzieren Spaziergänger entlang der ehemaligen Mauer, entlang der ehemaligen Grenze. Haufenweise fahren Touris seit dem Mauerfall im November 1989 aus aller Herren Länder nach Berlin. Schlendern durch das Brandenburger Tor, zu dem Reichstag, der Siegessäule, dem DDR-Museum hin zur Gedenkstätte Bernauer Straße und dem einstigen Grenzübergang Checkpoint Charlie. Flanieren auf dem Ku'damm, dem Potsdamer Platz, schlendern in Berlin-Mitte, auf der Friedrichstraße, Unter den Linden et cetera. Die Flut von Touristen, die wie Heuschrecken ganzjährig über Berlin herfallen, ist nach wie vor ungebremst. Einige Touristen verweilen bedrückt an den sichtbaren Mauerrestteilen und Mauerspuren. Diskutieren über den Todesstreifen, die Selbstschussanlagen, die Schießbefehle. Realität ist dass wir in Deutschland auch fünfundzwanzig Jahre nach der Wiedervereinigung noch immer über das Einander-fremd-Sein, auch über die Sprachlosigkeit zwischen Ost und West vielfach diskutieren. De facto steht unsere deutsch-deutsche Kanzlerin auf allen politischen Bühnen der Weltpolitik kerzengerade für ein vereintes Europa! Wie schön, wie löblich!

Mal ehrlich, was ist mit dem vereinten Deutschland? Auch nach einem Vierteljahrhundert Maueröffnung hat sich die innenpolitische Situation nicht entschärft. Auch 2014 gibt es immer noch Ossis und Wessis. Auch 2014 würden mehr als fünfzig Prozent der Bevölkerung aus dem Osten und auch aus dem Westen Deutschlands die Mauer so schnell wie möglich wieder hochziehen. Wenn es sein müsste, mit den eigenen Händen. Immer noch haben sich die einst zwangsgetrennt entwickelten Deutschen nicht zusammen weiterentwickelt, leben Ossis und Wessis in gefühlten Paralleluniversen – bedingt durch die hohe Arbeitslosigkeit, durch die anhaltenden Preissteigerungen, durch den Wegfall der Mittelschicht. Mehr denn je schmieren rechtsradikale Blödmänner aus Ost und West ihre narzisstischen Parolen und Hetzkampagnen auf Häuser, Mauern und Transparente. Noch immer hat die einstige euphorische Parole: ,*Auf dass zusammenwächst, was zusammengehört!*' nicht ihre Vollendung gefunden. Immer noch verdient der Ostdeutsche für die gleiche Arbeit weniger Geld als der Westdeutsche. Immer noch fühlt sich der eine oder andere Ostdeutsche als Deutscher zweiter Klasse. So, genau so, sieht die bittere Wahrheit 2014 in Deutschland innenpolitisch aus!

Ich will hier nur mal eines klarstellen, nicht dass du denkst, ich bin gegen unsere Kanzlerin. Nein, ich finde, sie macht einen richtig guten Job. Sie hat viel erreicht in den letzten Jahren. Ich mag sie. Diese Frau hat wirklich Mumm. Kennst du eigentlich ihren Werdegang?"

„Werdegang? Ja, ich weiß, dass sie in Hamburg geboren wurde und ihr Vater Theologe war. Auch, dass sie mit ihrer Familie wegen eines Jobangebots ihres Vaters vor dem Mauerbau nach Ostdeutschland übergesiedelt ist. Außerdem war sie ‚Kohls Mädchen'.

„Hm. Stimmt in den Ansätzen. Wenn du magst, kläre ich dich mal auf." Jan war in seinem Element.

„Gerne. Wenn du mir etwas sagen kannst, das ich noch nicht weiß. Du weißt ja, ich bin für neue Informationen immer offen. Also, leg los." Ronny war ganz Ohr.

„Unsere Kanzlerin wurde am 17. Juli 1954 in Hamburg-Barmbek-Nord als Angela Kasner geboren", fing Jan an, Angela Merkels Biografie einem sehr interessierten Ronny zu erzählen.

„Angela Dorothea Merkel, geborene Kasner, wird als erstes Kind von insgesamt drei Kindern geboren. Ihr Bruder Marcus kam 1957 zur Welt, und weitere sieben Jahre später, 1964, erblickte ihre kleine Schwester Irene das Licht der Welt. Merkels Eltern sind der evangelische Theologe Horst Kasner und seine Frau Herlind. Angela Merkels Mutter war übrigens Lehrerin für Latein und Englisch. 1954, nur wenige Wochen nach der Geburt unserer Kanzlerin, siedelte die kleine Familie Kasner von Hamburg in die DDR über. Angela Merkels Vater, Horst Kasner, nahm in dem Dorf Quitzow eine Pfarrstelle an.

In Quitzow bei Perleberg traf Kasner auf Albrecht Schönherr, der damals Superintendent des Kirchenkreises Brandenburg an der Havel und Direktor des dortigen Predigerseminars war. Schönherr schätzte den jungen Pfarrer Kasner und schickte ihn nur drei Jahre später nach Templin. Somit gingen die Kasners 1957 nach Templin. Merkels Vater beteiligte sich in Templin am Aufbau einer innerkirchlichen Weiterbildungsstelle. Am von Kasner geleiteten Pastoralkolleg konnten Pfarrer sich weiterbilden. Ebenfalls wurden dort Kurse für Vikare, die vor dem zweiten Examen standen, angeboten. Zusätzlich befand sich auf dem Gelände ein Heim für geistig Behinderte.

Kasner und Schönherr mochten sich. Über Schönherrs Kontakte kam Angela Merkels Vater nicht nur zur Christlichen Friedenskonferenz, sondern auch in den Weißenseer Arbeitskreis, dessen Leiter Hanfried Müller wiederum sehr gute Beziehungen ins SED-Politbüro pflegte. Kasner wurde in der DDR durch seine Sympathie für das sozialistische Ideal auch der ‚rote Kasner' genannt.

Angela Merkel wuchs im beschaulichen brandenburgischen Templin auf. Ihrer Mutter wurde übrigens die Arbeit im Schuldienst der DDR verwehrt. Somit blieb der Mutter unserer Angela nichts anderes übrig, als zu Hause zu bleiben. Entgegen den sonstigen Gepflogenheiten in unserer Deutschen Demokratischen Republik besuchte Angela Merkel weder Kinderkrippe noch Hort. 1961 wurde sie in eine polytechnische Oberschule in Templin eingeschult. Unserer Kanzlerin wird nachgesagt, ein nettes Mädel gewesen zu sein."

Jan fing an zu lachen.

„Sie soll ziemlich unsportlich gewesen sein. Bei einer Frühsichtung in der ehemaligen DDR fiel sie durch.

Von ihren ehemaligen Lehrern als auch ehemaligen Mitschülern wird sie als unauffällig und als sozial gut integriert beschrieben. Angela Merkel stach mit ihren sehr guten schulischen Leistungen stark hervor. Besonders in Russisch und Mathematik. Sie gewann Russisch-Olympiaden auf den verschiedensten Ebenen, bis hin zur DDR-Ebene. Eine weitere große Besonderheit in der Vita Angela Merkels: Sie feierte nicht die Jugendweihe, wie es bei uns in Ostdeutschland üblich war. Nein, sie wurde stattdessen am 3. Mai 1970 in der St.-Maria-Magdalenen-Kirche in Templin konfirmiert.

Angela Merkel hatte Glück. Sie gehörte zu den mageren zehn Prozent ihres Jahrgangs, die die erweiterte Oberschule besuchen durften. Während ihrer Schulzeit schloss sie sich der Pionierorganisation Ernst Thälmann und später der Freien Deutschen Jugend an. Intelligent, wie sie nun mal war und immer noch ist, legte sie 1973 an der erweiterten Oberschule in Templin mit der Traumnote *1,0* ihr Abitur ab.

Dass unsere Kanzlerin überhaupt ihr Abitur machen durfte, war nach einem Vorfall im Jahr 1973 gar nicht so selbstverständlich.

Es wird gemunkelt, dass die Nähe von Merkels Vater zum System ihr das Abitur ermöglicht haben soll. Es ist die Rede von einer von ihr mitorganisierten Solidaritätsveranstaltung für Nordvietnam. Angela Merkels Abiturklasse 12b soll angeblich die Internationale, *DIE* Hymne des Sozialismus, angestimmt haben – jedoch nicht auf Deutsch … auch nicht auf Russisch … nein, auf Englisch – in der Sprache des Klassenfeinds – wurde geträllert. Und um das Ganze noch abzurunden, rezitierte die ganze Klasse ‚Mopsenleben‘ ein Gedicht von Christian Morgenstern. Aus diesem Gedicht konnten angeblich Andeutungen über die Mauer herausgelesen werden. Für dieses Vergehen drohte der gesamten Abiturklasse der Schulverweis. Merkels Vater soll seine Tochter diesbezüglich mit einer Petition zum Konsistorialrat Manfred Stolpe nach Berlin geschickt und ihr so das Abitur ermöglicht haben. Alle Schüler der Klasse 12b sollen ungeschoren davongekommen sein …

lediglich Merkels Klassenlehrer Charly Horn hatte es erwischt. Er soll der Schule verwiesen worden sein. Er, der eigentlich ein linientreuer Parteisoldat war.

Merkels Bruder Marcus ist, wie seine Schwester, Physiker. Ihre Schwester Irene ist von Beruf meine ich zumindest mal gehört zu haben, Ergotherapeutin.

Doch zurück zu unserer Kanzlerin. Sie fing an zu studieren. Physik. Ursprünglich wollte Angela Merkel, soweit ich weiß, Sprachen auf Lehramt studieren. Dieser Studiengang soll ihr jedoch aufgrund ihrer kirchlichen Bindung untersagt worden sein. Angela Merkel passte nicht ins System. Frau Merkel, damals noch Frau Kasner, kämpfte und brillierte. Ihre Diplomarbeit wurde mit einem *Sehr gut* benotet. Das muss ihr erst einmal jemand nachmachen! Merkel nahm 1978 eine Arbeit im Zentralinstitut für physikalische Chemie ... kurz: ZIPC der Akademie der Wissenschaften der DDR an. Ich denke, ihr Privatleben ist nicht so wichtig. Sie war tough. War weder Mitglied der SED noch gehörte sie einer anderen Partei an. Sie engagierte sich während ihrer Tätigkeit an der Akademie der Wissenschaften in ihrer FDJ-Gruppe. Kurz und gut, während der Wende im Herbst 1989 zeichnete sich ab, dass sich im Osten Deutschlands neue, demokratische Parteistrukturen herausbilden würden. Die Macht der SED über den DDR-Staat bröckelte. Am 4. November 1989 fand die Alexanderplatz-Demonstration gegen Gewalt und für verfassungsmäßige Rechte, Presse- und Meinungs- und auch Versammlungsfreiheit statt. Etwa einen Monat später fing unsere heutige Kanzlerin an, im neu gegründeten Demokratischen Aufbruch mitzuarbeiten. Zunächst unentgeltlich als provisorische Systemadministratorin. Ab Februar 1990 hauptberuflich als Sachbearbeiterin in der persönlichen Arbeitsumgebung des Vorsitzenden Wolfgang Schnur in der Ostberliner Geschäftsstelle.

Ach, wusstest du, dass Thomas de Maizière 1990 seinem Cousin Lothar de Maizière, dem ersten frei gewählten Ministerpräsidenten der DDR, bei der Volkskammerwahl empfahl, Angela Merkel als Pressemitarbeiterin in sein Team aufzunehmen?"

Ronny glaubte seinen Ohren nicht zu trauen und verschluckte sich prompt an einem Schluck Bier. Jan musste lachen.

„Tja, mein Lieber, bei diesen ganzen Informationen über den politischen Klüngel gerät deine bestellte alkoholische Flüssigkeit glatt ins verkehrte Halsloch", bemerkte Jan trocken und fuhr ohne Umschweife mit seiner Angela-Merkel-Biografie fort.

„Hier hat sich meiner Meinung nach die alte Hugenottenfamilie ganz schön gegenseitig gestützt. Die de Maizières haben, wie ich finde, die Führungsqualitäten von Angela Merkel schon früh erkannt und für sich genutzt. Bei der ersten gesamtdeutschen Bundestagswahl am 2. Dezember 1990 gewann unsere Kanzlerin in ihrem Wahlkreis mit 48,5 Prozent der abgegebenen Erststimmen. Mit der konstituierenden Sitzung am 20. Dezember 1990 wurde sie Abgeordnete des Deutschen Bundestages. Der damalige Kanzlerwahlsieger Helmut Kohl lud sie im November 1990 zu einem weiteren Gespräch ins Kanzleramt nach Bonn ein. Er berief sie überraschend für ein Ministeramt in sein Kabinett. Das einstige Bundesministerium für Jugend, Familie, Frauen und Gesundheit wurde dreigeteilt in das Bundesministerium für Gesundheit, in das Bundesministerium für Familie und Senioren und zu guter Letzt in das Bundesministerium für Frauen und Jugend, das Angela Merkel übernahm. Merkels Ministerium war klein und verfügte über wenig Befugnisse. Am 18. Januar 1991 wurde Angie sodann als Ministerin vereidigt. Von nun an war ihr Stern am Aufgehen. Angefangen als ‚Kohls Mädchen‘ stieg sie rasant schnell zur mächtigsten Frau der Welt auf. Angela Merkel ist aktuell zu den einhundert mächtigsten Menschen der Welt gekürt worden.

Übrigens, viele Menschen aus Angela Merkels Bekannten- und Freundeskreis sollen sich gewundert haben, dass sie CDU-Politikerin wurde. Viele hätten sie aufgrund ihrer Weltanschauung eher in dem Aktionsradius der Grünen vermutet."

„Wow, was du so alles weißt, du Superhirn!" Ronny war zu recht mächtig beeindruckt.

„Ach was, gehört zur Allgemeinbildung", raunte Jan Ronny mit einem Augenzwinkern zu.

Jede Medaille hat zwei Seiten ...

„Unsere Wiedervereinigung hat zwei Seiten. So manch einer eurer Gebrauchtwagenautohändler hat sich nach der Wende eine goldene Nase mit unserer Dummheit und unserer nicht enden wollenden Habgier verdient. Unsere überquellende Sehnsucht bezüglich des Erwerbs und Besitzes der schon immer von uns angeschmachteten Westautos machte viele Händler reich. Wir wollten saubere, umweltfreundliche, leise, komfortable Autos fahren. Ebenso wie alle Wessis. Unser allerliebster Trabbi verfügte über null Komfort. War sehr laut. Du sahst ihn nicht, doch du hörtest ihn schon von Weitem. Der herankommende Trabbi hörte sich durch seinen Zweitaktmotor an wie eine laute, kreischende Kettensäge. War halt ein zweckmäßiges kleines Auto. Viele Ossis wurden in ihrer Gut- und Leichtgläubigkeit von euren gewieften und ausgebufften Gebrauchtwagenhändlern komplett über den Tisch gezogen. Wurden beschissen ohne Ende. Wir bezahlten einen horrenden Kaufpreis für Schrottkarren, naiv, vielleicht jedoch auch nur gierig und verblendet, wie wir waren. Wollten wir doch alle ein Westauto besitzen und fahren. Nicht wenige der von uns gekauften Autos hatten laut Schwacke-Liste lediglich noch einen Schrottwert. Viele dieser Autos machten schon nach wenigen gefahrenen Kilometern schlapp.

Dann waren da noch eure vielen Versicherungsfritzen. Wir hatten in unserem Arbeiter-und-Bauern-Staat lediglich eine Versicherungsgesellschaft: *die Staatliche Versicherung der DDR*. Dieses Versicherungsunternehmen war *das* staatliche Versicherungsunternehmen der Deutschen Demokratischen Republik. Es war der uneingeschränkte, komplett alleinige Versicherungsanbieter in unserem Staat für Privatkunden. Bei diesem Unternehmen konntest du dich gegen Schäden aus sämtlichen

Bereichen – Gebäude, Hausrat, privates Haftpflichtrisiko, Kfz-Haftpflicht und Kfz-Kasko – versichern. Doch auch Lebens- und Unfallversicherungen waren im Repertoire. Weitere Aufgabenbereiche der *Staatlichen Versicherung der DDR* waren unter anderem Zusatzrentenversicherungen sowie die Regulierung von Schadensersatzansprüchen im staatlichen Gesundheitswesen.

Auch mit der hohen Wahrscheinlichkeit, mich zu wiederholen, bei uns war *alles* geregelt. Wir hatten nicht die Qual der Wahl. Uns wurde es leicht gemacht. Wir hatten nämlich keine Wahl! Nach dem Mauerfall war plötzlich alles anders. Versicherungen, so wie sie es schon immer bei euch im Westen Deutschlands gab, kannten wir nicht. Bei euch galt schon immer die Devise: *Willst du mehr, kriegst du mehr!* Eure Versicherungshengste waren ganz schön gewieft. Drückten uns Ossis Versicherungen aufs Auge, die wir ums Verrecken nicht brauchten. Die wir in unserem gesamten Leben niemals brauchen würden. Goldgräberstimmung kam in den Jahren 1989 und 1990 bei vielen Banken, Versicherungen, Autohändlern und noch in vielen weiteren Sparten, in denen Scharlatane saßen, auf."

„Hast du ein Beispiel?", fragte Ronny interessiert.

„Ronny, ich kann dir zig Beispiele nennen. Aber ich fange einmal mit einem *sehr guten* Beispiel an. Da wurde einem Ossi, der in einer Zweiraumwohnung in der dritten Etage eines Mehrfamilienhauses wohnte, ein Wintergarten verkauft."

„Schön blöd", raunte Ronny.

„Ja, du hast vollkommen recht. Doch der besagte Mann war gierig nach Westprodukten. Der Verkäufer wiederum gewieft, geschult, verkaufstüchtig und provisionsgeil. Schwups!, haben nach dem einseitig erfolgreichen Verkaufsgespräch einige Tausend D-Mark den Besitzer gewechselt. Alles wasserdicht. Vertraglich besiegelt. Gewiefte Westverkäufer verkauften uns

Ossis all die Dinge, die ihr schon lange nicht mehr haben wolltet. Verkauften uns eure eingestaubten Ladenhüter.

Sogar einige Bankangestellte haben uns übel mitgespielt. Haben uns Ossis zum Erwerb eurer teuren Produkte Kredite aufgeschwatzt und verkauft. Kredite, die wir zum Teil überhaupt nicht abzutragen in der Lage waren. Sicherheiten lagen diesen korrupten Banken jedoch zu deren Sicherheit vor. So hat eben das eine oder andere Haus oder die eine oder andere Wohnung ihren Besitzer gewechselt. Wo wir gerade beim Immobilienwechsel sind ... auch die Immobilienspekulanten hüben wie drüben sahnten so richtig ab. Diese Hallodris machten richtig Kohle mit dem Leid vieler Bürger. Ehemals zwangsenteignete Wessis erhoben plötzlich Besitzansprüche auf Immobilien und Grundstücke im Osten. Viele Ossis mussten ihr bisheriges Heim angesichts der Anmeldung alter Besitzansprüche räumen.

Doch nicht alles war schlecht. Bei all unserer Leichtgläubigkeit waren wir selbstverständlich in der Eigenverantwortung. Frei nach dem Motto: *Drum prüfe, wer sich ewig bindet* hätten wir hinter die Fassaden blicken müssen. Eins ist schon mal klar: Ohne den Mauerfall wären bis heute viele Ehen nicht geschlossen worden. Wären viele Kinder damals und heute nicht geboren worden. Wären viele Familienzusammenführungen nicht möglich gewesen. Hätten viele Menschen nicht den schulischen, beruflichen Weg einschlagen können, der ihnen nunmehr, nach dem Mauerfall, möglich war. Auch der materielle Wert ist durch den Fall des Eisernen Vorhangs nicht zu unterschätzen. Bei dem Umtausch des alten Sparguthabens im Verhältnis von eins zu zwei haben die einen oder anderen Ostdeutschen ganz gut abkassieren können und sind zu einigem Wohlstand gekommen. Nicht wenige haben die Schattenseite verlassen und genießen nun die Sonnenseite ihres Lebens. Etliche von uns waren Wendehälse."

„Was waren sie?" Ronny verdrehte seine Augen.

„Wendehälse. Umgangssprachlich stand dieser Begriff bei uns für solche Menschen, die ihre politischen Ansichten in der Zeit der Wende stets der aktuellen politischen Lage anpassten. Man könnte auch sagen, sie haben ihre Fahne nach dem Wind gehängt. Ganz so, wie du es magst." Jan lächelte verschmitzt.

Ronny konnte sich ein lautes Lachen nicht verkneifen.

„Tja, mein Lieber, davon haben wir auch genügend. Es gab schon immer Menschen, die ihre Meinung änderten wie die Windrichtung. Das ist nun wirklich nichts Neues. Der Begriff *Wendehals* gefällt mir übrigens sehr gut. Cool." Ronnys Begeisterung über die Erweiterung seines Wortschatzes war ihm deutlich anzusehen.

Jan lächelte und setzte seine Zeitreise durch die Geschichte des erloschenen DDR-Staates fort.

„Unternehmen aus Ost und West haben sich seither auf beiden Seiten etablieren können. Nach über vierzig Jahren des gefühlten Gefängnisaufenthalts im ehemaligen Ostsektor haben alle Deutschen wieder die Möglichkeit zu reisen. Haben alle Deutschen wieder das Recht auf freie Meinungsäußerung. Dürfen alle Deutschen sich ihren persönlichen Interessen, ihren Neigungen und Fähigkeiten entsprechend frei entfalten. Bei uns war das nicht so. Bei uns konnte es vorkommen, dass Jugendliche einzig ihrer auffällig gefärbten Haarfarbe oder einer unangepassten Äußerung wegen in Spezialheime wie den geschlossenen Jugendwerkhof in Torgau gesteckt wurden. Mit dem fragwürdigen Ziel der Umerziehung. Aber auch wenn ich noch so schimpfe: Es war nicht alles schlecht in der DDR."

Jan lachte.

„Zumindest was unsere Warenpaletten anging. Ein Phänomen, das sich nach der deutschen Einheit ergeben hat, ist die mittlerweile weitverbreitete Ostalgie. Viele Touristen sowohl aus der ganzen Welt als auch viele Deutsche aus West, Nord,

Süd und Ost sind ganz verrückt nach den Reproduktionen und billigen Imitaten der Originale vieler Alltagsgegenstände der ehemaligen Deutschen Demokratischen Republik. Da gibt es doch tatsächlich Nostalgiekaufwellen zu Lebensmitteln, Kleidungsstücken und was weiß ich noch. Alles aus unserer guten alten DDR-Zeit. Schlag doch mal im Internet nach. Du wirst überrascht sein. Das Angebot ist tatsächlich mannigfaltig. Unser vereintes Deutschland belegt laut einer UN-Studie aus dem August 2013 Platz sieben auf dem weltweiten Ranking der meistbereisten Länder der Erde. Mit wachsender Tendenz.

Es ist sehr interessant, wie sich Berlin und Ostdeutschland nach der Wiedervereinigung verändert haben. In Potsdam und Babelsberg residiert nun die Hautevolee. Joop, Jauch und Co. Nimm nur einmal hier in Berlin die Warschauer Brücke. Am südwestlichen Ende der Brücke stand bis etwa 2004 das 1910 erbaute Empfangsgebäude des ehemaligen schlesischen Güterbahnhofs sowie das 1900 errichtete einstöckige Dienstgebäude. Die ursprüngliche Bahnanlage ist heute nicht mehr erhalten. Alle Gebäude in diesem Bereich sind inzwischen restlos zugunsten der 2008 fertiggestellten O$_2$ World abgerissen worden. Doch die Warschauer Straße ist heute Abend für Abend die Partymeile in Berlin schlechthin! Angefangen an der U-Bahn-Station bis letztlich zur Brücke. Mehr als 40.000 Menschen kreuzen die Brücke mittlerweile jeden Abend. Die Warschauer Straße ist ein Abschnitt des Berliner Innenstadtrings, der zirkulären Hauptverkehrsstraße, die halbkreisförmig von Süd nach Nord gegen den Uhrzeigersinn in der Berliner Innenstadt verläuft und die Ortsteile Kreuzberg, Friedrichshain, Prenzlauer Berg und Gesundbrunnen miteinander verbindet. Falls es dich interessiert, der Spree-Abschnitt zwischen Flutgraben und Schillingbrücke gehört seit der Wiedervereinigung zu Berlins bedeutendsten Wasserlagen im Vorfeld des historischen Zentrums. Du stehst auf der Brücke und hast das leuchtende

Berlin-Panorama vor deinen Augen – irre! Der Friedrichshainer Startpunkt ist übrigens tagtäglich der größte Magnet für die größten Massenpartys der Hauptstadt. Tausende Feier- und Tanzwütige aus ganz Deutschland, ach, was sage ich, aus der gesamten Welt stürmen die Brücke, um später in die nahen Klubs und den Party-Kiez zu strömen. Auf dieser Meile sind die besten Klubs, befindet sich die beste Szene. Geht nicht gibt's nicht! Alles geht! *Der* Touri-Spruch schlechthin ist: *Wenn du nicht auf der Warschauer Brücke warst, hast du Berlin nicht gesehen.*

Die Warschauer Straße ist megakult! Stell dir vor, es gibt tatsächlich ein Hostel in Friedrichshain, das komplett im ehemaligen Stiel der DDR eingerichtet ist. (Diese einzigartige Herberge heißt seine Gäste im authentischen Stil der ehemaligen DDR herzlich willkommen.) Die Zimmer sind zweckmäßig mit original ostdeutschen Einrichtungsgegenständen und Möbeln ausgestattet. In dem Hostel sollst du beim Übernachten einen Hauch vom *echten* Leben in der DDR zu spüren bekommen. Schau dir die neue Berliner Mitte an! Hier pulsiert das Leben. Hier ist jetzt der Nabel der Welt!"

Daten, Zahlen, Fakten

Am 31. Dezember 2013 hatten Ostberlin und Westberlin eine Gesamtbevölkerungszahl von knapp 3.400.000 Einwohnern. Von diesen lebten 1.300.000 Menschen … das entspricht 37,5 Prozent in Ostberlin und 2.100.000 Personen beziehungsweise 62,5 Prozent in Westberlin.

Im Vergleich zu 1991 reduzierte sich die Einwohnerzahl um rund 64.000 oder um 1,85 Prozent. Der Anteil der ausländischen Bevölkerung lag Ende 2013 bei circa 15 Prozent. Hier stieg die Zahl der ausländischen Zuwanderer gegenüber 1991 um circa 29,9 Prozent.

Sag mal, Ronny, kennst du Leipzig? Kennst du Dresden? Kennst du die Semperoper in Dresden?"

„Nein, kenne ich nicht."

„Ronny, ganz ehrlich, dann hast du was versäumt. Du musst die beiden Städtereisen unbedingt bei einer passenden Gelegenheit nachholen. Die Semperoper liegt wunderschön im historischen Stadtkern in der Nähe der Elbe. Was für ein gigantisches Kulturerbe! Die Semperoper ist *das* Opernhaus der Sächsischen Staatsoper Dresden. Hat als Hof- und Staatsoper Sachsens eine lange geschichtliche Tradition. Klangkörper der Staatsoper ist die traditionsreiche Sächsische Staatskapelle Dresden. Wusstest du, dass sie nach ihrem Architekten Gottfried Semper benannt wurde? Obwohl sie auch zu DDR-Zeiten Staatsoper war, erhielt die Oper zusätzlich nach der Wende den offiziellen Titel *Sächsische Staatsoper*. Alleine in der Spielzeit 2012/2013 besuchten rund 308.000 Besucher Sinfoniekonzerte, Opern- und Ballettaufführungen.

Dresden ist übrigens nach der Wende neu eingemeindet worden. Hat viele Ländereien hinzugewonnen. Nach der politischen Wende 1989 und der deutschen Wiedervereinigung 1990 wurde Dresden wieder die Hauptstadt des neu errichteten Landes Sachsen. Selbst Amerikas Präsident Barack Obama hat Dresden 2009 besucht. Auch sehr interessant ist die Sächsische Schweiz. Diese liegt südöstlich von Dresden und ist vor allem für ihre bizarren Felsformen bekannt. Nach der Wiedervereinigung wurde dieses Gebiet, das sich bis an die tschechische Grenze erstreckt, zum Nationalpark ernannt. Doch wir haben noch mehr zu bieten. Zum Beispiel das wunderschöne Erzgebirge, das unser gesamtes Deutschland nach der Wiedervereinigung nun bereichert. Ein Besuch wert ist auch die Gebirgs- und Waldfläche des einst getrennten Harzes. Nicht zu vergessen: Leipzig! Leipzig ist nach der Wiedervereinigung Messestadt. Wurde wunderschön restauriert und wieder aufgebaut. Nunmehr ist diese Stadt lebendig und pulsierend. Kultur, Wissenschaft und Kunst prägen diese schöne Stadt. Vielleicht können wir in nicht ganz ferner Zeit tatsächlich in einem vereinten Europa leben. Ohne Faschismus, ohne Narzissmus, wie es einst ein großer Politiker in seiner Rede ansprach. So, mein lieber Ronny, ich bin am Ende meiner Geschichte angelangt. Außerdem ist mir kalt. Hast du mal auf die Uhr gesehen? Es ist fast Mitternacht."

„Was? Schon so spät?" Ronny war entsetzt. „Ich habe gar nicht gemerkt, wie die Zeit vergangen ist. Dir ist kalt, Jan? Du bist vielleicht ein Knaller! Mal ehrlich, warum hast du dir nicht die Decke, die über deiner Stuhllehne liegt, genommen und dich eingemummelt?"

„So fürsorglich, Ronny? Hast ja recht. Hätte ich machen sollen. Aber mal was anderes, hast du einen Zettel und einen Stift?"

Ronny kramte in seiner Umhängetasche und reichte Jan einen Kugelschreiber.

„Einen Zettel habe ich nicht. Nimm eine Serviette oder einen Bierdeckel. Geht auch."

„Recht hast du." Jan griff nach einer der Servietten, die auf ihrem Tisch lagen, und kritzelte Ronny gut leserlich seine Adresse und Telefonnummer darauf.

„Wenn du mal wieder in der Stadt bist, ruf mich unbedingt an. Versprich es mir!"

„Ja, ich verspreche es dir!"

„Du brauchst dir kein Hotel zu suchen. Quartierst dich einfach bei mir ein. Ich zeige dir meine Stadt. Vielleicht erzählst du mir dann ja mal etwas über dich."

„Wenn du mich zu Wort kommen lässt ...", entgegnete Ronny Jan lachend.

Jan überging Ronnys ironische Spitze und überreichte ihm die beschriebene Serviette.

„Gut aufbewahren. Ist dein Schlüssel zu deiner Luxusherberge auf Zeit", zwinkerte Jan Ronny beim Überreichen der Serviette zu.

„Jan, du hast mir einen unglaublichen Einblick sowohl in den ehemaligen DDR-Staat als auch in die zurückliegende Zeit des Mauerfalls gewährt. Vielen, vielen Dank für diese tolle Reise durch die deutsch-deutsche Geschichte!

Jetzt zum Schluss noch mal was ganz anderes. Ich weiß, du bist müde und frierst. Doch ich bin neugierig ... mehr noch, ich platze wie eine Wurst, die zu lange im heißen Wasser gelegen hat. Sag mir bitte noch, wie es inzwischen zwischen dir und deiner Ex steht. Läuft zwischen euch beiden wieder was?"

„Du möchtest wissen, ob was zwischen Sylvia und mir läuft? Das, mein lieber Ronny, kann ich dir gerne erzählen. Hast du noch Zeit?"

„Hätte ich sonst gefragt?" Ronny lächelte spitzbübisch.

„Okay, okay. Sylvia und ich hatten tief und fest lange Jahre gehofft, zusammenzuwachsen. Hatten geharrt und letztlich verloren."

„Für immer?"

„Ach Ronny, wer weiß das schon? Das einzig Gute an der jetzigen Situation ist, dass es bei uns mit Kindern nicht geklappt hat. Gewollt haben wir schon. Gekonnt haben wir beide auch. Sowohl Sylvia als auch ich haben uns auf unsere Fruchtbarkeit testen lassen. Geklappt hat es jedoch nicht. Kinder waren uns beiden leider nicht vergönnt. Ich liebe sie jedoch immer noch. Ab und zu sehen wir uns auch. Gelaufen ist bei uns allerdings nichts mehr. Non, nada, ochi. Nein, miteinander geschlafen haben wir zu meinem großen Bedauern seit unserer Trennung nicht mehr. Ich weiß auch überhaupt nicht, ob sie noch einen Funken Interesse an mir hat. Sie ist vor drei Wochen nun doch, entgegen meinen Erwartungen, tatsächlich bei dem Affen, ihrem platonischen Freund, ausgezogen. In eine schnuckelige Zweizimmerwohnung. Ich habe ihr bei dem Umzug geholfen. Ihr metaphysischer, transzendenter Freund war auch dabei. Reingehauen habe ich ihm keine. Ich habe mich zusammengerissen und gute Miene zum bösen Spiel gemacht. Immerhin wohnt sie nicht weit von mir entfernt in Kreuzberg. Vielleicht ist das ein gutes Zeichen. Man wird sehen.

Mit meinen psychischen Problemen habe ich mich bereits seit einiger Zeit in Therapie begeben. Ich arbeite in der Therapie meine beschissene Vergangenheit auf, um in der Gegenwart ein normales Leben führen zu können. Ich möchte endlich angstfrei und selbstbewusst meiner Zukunft entgegensehen. Auch das Besuchen einer Selbsthilfegruppe habe ich seit einigen Monaten in Angriff genommen. Weißt du, in Amerika ist es üblich, dass Bürger einen Psychotherapeuten in allen Lebenslagen um Unterstützung bitten. Sag mir, Ronny, warum nicht auch in dem guten neuen Deutschland? Wenn ich eines in meinen Therapiegesprächen gelernt habe, ist es das: Das

Gestern wurde aus dem Spiel genommen, das Morgen ist noch nicht geboren, und das Heute läuft sich gerade warm. So what, was habe ich zu verlieren? Ich sage Ja zum Leben!"

Danksagung

Bedanken möchte ich mich bei Christian – du warst ein fantastischer Zeitzeuge.

Bedanken möchte ich mich bei Holger – danke für deine Unterstützung.

Bedanken möchte ich mich auch bei Gunna. Gunna, du warst wie immer spitze!

Weitere Werke der Autorin

Das Wasserschlösschen zur lockeren Schraube

Erst Aschenputtel … Dann Prinzessin …

Kleine Scheißer … große Kerle!

The House of Loose Screw Heads

Alle Bücher sind im Neptunikum Verlag erschienen und sind auch als E-Book im Handel erhältlich. Alle Infos unter www.baerbel-kiy.de und unter: www.neptunikum.com.

Ich freue mich auf Ihren Besuch!

Ihre Bärbel Kiy